W0278390

CE QUI MANQUE À L'AMOUR

ALIZÉ CORNET

CE QUI MANQUE À L'AMOUR

roman

ALBIN MICHEL

© Éditions Albin Michel, 2024

« Un petit coin de parapluie, contre un coin de paradis. Elle avait quelque chose d'un ange… »

Georges Brassens

« Personne ne peut fuir son cœur, c'est pourquoi il vaut mieux l'écouter. »

Paulo Coelho

1

Jour J

– Plus vite ! Il n'y a pas de radar sur cette portion, tu peux y aller !

Pied au plancher de la petite Fiat 500, Marcel ne peut pas accélérer. Avec cent trente kilomètres-heure au compteur, la voiture semble déjà sur le point de se désintégrer comme la citrouille de Cendrillon passé minuit. Le bruit du moteur en surrégime emplit l'habitacle et couvre la voix hystérique de Nina.

– Je te rappelle que dans une heure, on doit être assis dans l'église. On n'y arrivera jamais si tu roules comme ça ! lâche-t-elle en se prenant la tête entre les mains.

– On aurait pu aussi partir un petit peu plus tôt au lieu que tu perdes trois heures à te préparer.

Nina lui assène un regard meurtrier. Il faut dire que le résultat est réussi. Elle est drôlement jolie avec sa robe bleue en tulle, son maquillage naturel et les petites fleurs accrochées dans son chignon.

– C'est pas tous les jours que mon frère se marie, tu voulais que j'y aille en survêt ?

Ce n'est pas tous les jours, certes, mais son frère s'est quand même déjà marié deux fois. Marcel ne répond pas, inutile de mettre de l'huile sur le feu. Nina vérifie nerveusement son mascara dans le miroir du pare-soleil. Il voudrait lui faire un compliment mais se ravise.

– Il paraît que les gens qui sont toujours en retard sont de fonciers optimistes, dit-il pour détendre l'atmosphère.

– Ah oui ? L'optimiste qui espère que l'horloge s'arrête soudainement de tourner ? répond-elle, sarcastique. Je ne comprends pas pourquoi je n'apprends jamais de mes erreurs.

Marcel hoche la tête, compréhensif, mais elle ajoute, taquine :

– Je le sais pourtant, que tu roules comme une vieille mamie !

Il quitte la route des yeux pour la regarder se moquer de lui, un sourire venu finalement éclairer ses traits. Il arbore une moue déconfite mais sent une douce chaleur se propager dans sa poitrine.

Il n'y peut rien, ça lui fait ça chaque fois qu'elle lui sourit.

2

Neuf ans plus tôt…

Nina pénètre dans le salon bondé. En franchissant le seuil, elle est déjà de mauvaise humeur. Les gens sont collés les uns aux autres, ils parlent fort, gesticulent, et l'odeur de cigarette qui envahit l'espace l'agresse immédiatement. En même temps, elle ne pouvait pas s'attendre à autre chose en acceptant cette invitation. Heureusement, la musique sur fond de reggaeton n'est pas désagréable, et elle remercie intérieurement le DJ de ne pas complètement gâcher sa soirée.

Si Sylvia n'avait pas aussi lourdement insisté, elle serait restée bien au chaud dans son petit appartement du XVIe arrondissement, emmitouflée dans son plaid pour regarder *Top Chef* à la télé. Mais Sylvia est convaincue qu'elle doit se changer les idées, voir du monde, faire des rencontres. Et cette fois-ci, devant les yeux implorants de son amie, Nina a cédé. Elle est à présent au milieu du salon, les bras ballants, avec une envie furieuse de déguerpir de cet endroit qui transpire la boboïtude. Depuis qu'elle s'est installée à Paris, elle ne rencontre que ça.

Des bobos partout. Ces gens branchés et désinvoltes, militants et pacifistes, critiques et tolérants, urbains et proches de la nature. « Des personnes qui se cherchent », plaisantait-elle, mais dont le courant avait peu à peu inondé la capitale, telle une vague d'anticonformisme revendiqué. Un peu trop parfois, au goût de Nina.

Elle reconnaît quelques visages familiers, mais le bruit ambiant rend toute conversation laborieuse, voire impossible. Elle n'a pas envie de s'égosiller pour tenter de leur parler, encore moins de recevoir les postillons de quiconque au creux de son oreille. Depuis que Nathan est parti, elle n'est pas d'humeur à discuter avec qui que ce soit, ni à essayer de faire bonne impression. Sylvia lui a déjà faussé compagnie pour se précipiter vers ses amis, ses amis d'avant elle. Bien que sincère, leur amitié n'en reste pas moins récente, et Sylvia est plutôt du genre populaire, à butiner à droite à gauche, à s'immiscer avec aisance au milieu des conversations. Nina cherche le bar du regard afin de se donner une contenance quand elle sent une main lui tapoter l'épaule. Elle se retourne et se retrouve nez à nez avec un garçon qui lui tend silencieusement un gobelet en plastique rouge. Nina s'en empare et y plonge son nez. La boisson orangée dégage une odeur hasardeuse de punch rance qui la fait grimacer sous le regard indulgent du jeune homme. Il hausse les épaules d'un air désolé et boit une gorgée de la mixture.

– Je n'en suis pas encore mort, tu peux y aller, lance-t-il avec un sourire et un accent du Sud à couper au couteau.

Il est grand, très grand, et se tient un peu voûté comme pour s'excuser de cette démesure et ainsi mieux se fondre dans la masse. Nina le remercie d'un signe de tête puis se retourne pour chercher une place assise. Le salon, dont la déco ethnique tranche avec les moulures très XVIIIe siècle de l'appartement, ne peut pas accueillir plus de monde. Même le petit balcon a été pris d'assaut, cinq personnes y sont agglutinées, dont Sylvia, qui semble se souvenir de sa présence et lui fait un geste de la main pour l'inviter à la rejoindre. Elle n'est même pas sûre de savoir chez qui elle se trouve. Sylvia lui a vaguement parlé d'une amie, d'un appartement dans le IXe arrondissement, d'un tas de jeunes sympas, et elle l'a bêtement suivie, comme un automate.

Elle fait une fois de plus un tour sur elle-même, désespérée de trouver un petit coin dans lequel se réfugier. Le grand garçon n'a pas bougé, il est lui aussi au milieu de la pièce et sirote tranquillement son gobelet tout en l'observant, amusé.

Il finit par faire un imperceptible mouvement de la tête et se dirige vers l'entrée. Nina le suit du regard tandis qu'il bifurque sur la gauche pour s'engouffrer dans un couloir. La musique a changé ; à présent, quelques filles se trémoussent sur une chanson de Beyoncé en agitant leurs mains en l'air. *All the single ladies, all the single ladies.*

« Merci de me le rappeler », grommelle-t-elle en levant les yeux au ciel. Instinctivement, elle emboîte le pas au jeune homme. Sur les murs du couloir s'étalent de nombreuses photos d'une famille composée de quatre membres, souriante et unie. Ils sont beaux et complices, sur ces clichés de clan parfait qui rendrait Nina presque jalouse. Mais leurs attitudes figées et scénarisées évoquent plus une publicité pour Ricoré que la vraie vie. Celle où les photos sont toujours un peu floues, où l'un des protagonistes ferme les yeux ou bien regarde ailleurs, celle où la perfection n'existe pas.

Au bout du couloir, une porte entrouverte laisse filtrer un rai de lumière. Elle la pousse doucement, craignant un instant de tomber sur un couple batifolant à l'abri des regards, mais elle ne découvre qu'une petite bibliothèque, avec ses étagères ornées de dizaines de livres et son bureau en bois sombre au milieu. Le sol est recouvert d'une moquette beige qui étouffe ses pas quand elle entre. Assis sur un fauteuil face à la fenêtre, le grand dadais pivote, pose ses coudes sur le bureau et lui désigne un siège face à lui.

– Je vous en prie mademoiselle, que puis-je faire pour vous ?

Il saisit une paire de lunettes rondes posées sur le pupitre et les met sur le bout de son nez. Nina esquisse un demi-sourire avant de se laisser choir dans le fauteuil molletonné. Elle demande de but en blanc :

– Comment tu t'appelles ?

Il hésite une seconde, une seconde de trop.

– Marcel.

Nina lui jette un regard méfiant.

– Marcel ?

Il hoche la tête. Il a un regard un peu buté et des yeux bleu clair. Ses cheveux fins châtains tombent sur son front, il les dégage avec sa main pour les rabattre sur le côté. Marcel déteste son prénom. D'habitude, lorsqu'il sort en boîte ou en soirée, il n'hésite pas à mentir et se faire appeler autrement. Il choisit un prénom différent à chaque fois, un prénom qui ne sent pas la naphtaline et la soupe de légumes. Thibault, Nicolas, Thomas, il change selon son inspiration et ça l'amuse. Mais ce soir, face au regard pénétrant de cette fille, il se sent déjà mis à nu et n'ose pas la berner. Quelque chose lui dit qu'elle l'aurait instantanément démasqué, et qu'elle mérite mieux que ce piètre mensonge.

– Moi c'est Nina, répond-elle après l'avoir sondé quelques instants. Et si tu as un Doliprane pour soulager ma souffrance d'être venue à cette soirée, je suis preneuse.

– J'ai mieux que ça, ma p'tite dame.

Il sort un petit sachet d'herbe et lui lance un sourire espiègle. Nina se redresse vivement, le visage soudain fermé.

– Je ne touche pas à ça, dit-elle froidement.

Elle se sent fatiguée, tout à coup, épuisée même. Les mecs de son âge sont tous les mêmes, ils ne pensent qu'à boire, se défoncer, et emballer des filles grâce à l'un ou l'autre. Nathan était différent. Il était comme elle, déterminé, volontaire, il se donnait les moyens de ses ambitions et elle l'admirait pour ça.

Elle s'appuie sur les accoudoirs et s'apprête à se lever.

– Je vais y aller. Salut.

Le sourire de Marcel s'évanouit aussitôt. Qu'est-ce qu'il peut être bête ! Il a si peu confiance en lui qu'il essaie absolument de prétendre être un autre. Lui non plus ne touche pas à ça. Une fois seulement, quand il était en vacances chez son cousin, il y a cinq ans. Mais depuis son bad trip carabiné ce jour-là, plus rien. Ce sachet, c'est Romain, son meilleur ami, qui le lui a confié pour qu'il essaie de trouver de nouveaux clients lors de cette soirée de « friqués ». Visiblement, Romain veut le transformer en dealer, tout comme lui. Il tente de la retenir.

– Attends ! Euh… Nina.

Elle est debout et le regarde avec dédain. Il a l'impression de s'enfoncer de quelques centimètres dans son fauteuil.

– Je ne fume pas non plus. Mais tout le monde ici le fait, alors… euh… J'ai pensé que…

– Alors tu veux faire comme tout le monde, le coupe-t-elle. Ou bien tu m'as prise pour tout le monde. Dans les deux cas, tu as tout faux. Je vais rentrer, je suis crevée.

Elle longe le couloir en sens inverse, récupère son manteau sur la patère et dévale les étages avec soulagement. Le froid la prend au collet quand elle sort dans la rue, elle resserre son manteau et se met en route vers la station de métro la plus proche. À cela aussi, elle a dû s'habituer depuis son arrivée à Paris. Le froid polaire et le ciel gris. L'an dernier à la même date, elle déambulait dans les rues d'Aix-en-Provence vêtue d'un pantalon en lin et d'une veste légère. Seulement huit cents kilomètres la séparent du Sud, son Sud, mais ce climat est digne d'une autre latitude.

Elle accélère le pas et ne rêve que d'une chose à présent, se démaquiller, prendre une douche chaude, et se lover en pyjama dans son canapé avec une tisane à la main. Carine, sa colocataire, est partie quelques jours en Bretagne chez ses parents, elle a l'appartement rien que pour elle. Rien que du calme et du silence. « Dis donc, j'ai pris un sacré coup de vieux en trois mois », se dit-elle, mi-amusée, mi-résignée. Mais alors qu'elle réfléchit activement au choix de sa tisane – camomille, verveine ou thym –, elle entend une voix la héler.

Quand elle se retourne, le grand dadais est là, il trottine pour la rattraper, ses cheveux fins dans le vent. Un voile de vapeur s'échappe de ses lèvres quand il arrive à sa hauteur.

– Je m'embêtais un peu moi aussi. Je ne fume pas, je ne danse pas, ce pseudo-punch m'a donné mal au crâne et j'ai froissé la seule fille qui me plaisait bien. Bref, il ne me reste plus grand-chose, confesse-t-il en rougissant légèrement.

Puis il ajoute, candide :

– Et je veux me faire pardonner. Je te raccompagne au métro ?

Il a dit cela sur le ton de la conversation, mais la naïve confession n'est pas tombée dans l'oreille d'une sourde. Il a un joli sourire avec des dents bien blanches et des lèvres charnues, même s'il n'est pas son genre. Qu'importe, elle le trouve honnête, maladroit et finalement touchant avec sa longue carcasse dont il ne sait que faire. Elle acquiesce et repart d'un bon pas.

– Tu vis dans quel quartier ? s'enquiert-il.

– Le XVIe arrondissement.

– Et moi dans le XVe ! Ça te dit qu'on rentre à pied ? Ça ne prendra pas plus de quarante-cinq minutes, et j'adore marcher dans Paris la nuit, pas toi ?

Il a l'air d'un grand enfant, avec cet enthousiasme soudain et communicatif. C'est aussi ce qu'elle préfère, les soirs où il fait plus doux, marcher le long des quais et dans les rues presque désertes de la capitale. Goûter à la quiétude de la ville endormie, admirer la beauté des monuments éclairés et des ruelles pavées, s'émerveiller de la sensation d'avoir Paris pour elle toute seule. Pour rentrer chez elle, elle prend toujours la tour Eiffel comme point de repère. Un an après avoir emménagé ici, c'est encore la grande Dame de Fer qui la guide à travers Paris. « Une vraie fille de province », se moquait Sylvia.

Elle finit par se décider, la tisane attendra.

– D'accord, mais on marche vite alors.

Marcel semble ravi. Il commence à parler et ne s'arrête que lorsqu'ils sont arrivés devant l'immeuble de Nina. Consciemment ou non, ils ont emprunté des détours qui ont quelque peu rallongé le trajet. Ils se sont arrêtés au bord des quais, ont regardé l'eau sombre de la Seine couler paisiblement. Nina a ri, de plus en plus, avec de moins en moins de retenue. Marcel est un vrai pitre, il a des dizaines d'anecdotes toutes plus loufoques les unes que les autres, qu'il raconte crûment avec son accent chantant, tout en y mêlant une certaine élégance. Il frôle parfois la vulgarité et les blagues de mauvais goût, mais s'aperçoit quand il va trop loin et se pare alors d'une mimique embarrassée qui amuse beaucoup Nina.

C'est aussi un passionné d'échecs, il participe à des compétitions et s'estime plutôt bon. Les yeux dans le vague comme s'il revivait l'une de ses parties, il lui explique les caractéristiques hors normes et les incroyables rouages mentaux de ce sport. Car oui, précise-t-il devant la moue sceptique de Nina, c'est un sport. L'intense réflexion et le stress engendrés par des prises de décision qui peuvent s'avérer fatales lui font dépenser plus de cinq cents calories à chaque partie.

Nina a envie de rire mais le visage sérieux de Marcel l'en dissuade. On ne plaisante pas avec les échecs.

Elle l'observe frotter sa barbe de trois jours où quelques poils roux se sont glissés çà et là et se dit qu'elle l'a peut-être jugé un peu vite. Il est différent de Nathan, très différent même, mais il n'est pas comme les autres pour autant. Nina se sent bien, elle n'a même plus froid. Elle ressent presque une pointe de déception en reconnaissant sa rue et la porte bleue de son immeuble au loin.

Tandis qu'elle cherche ses clés dans son sac à main, Marcel continue de discourir, imperturbable. Il n'a pas l'air décidé à voir cette soirée se terminer. Nina sort enfin le trousseau et l'agite doucement devant son nez pour lui faire comprendre qu'il est temps pour eux de se dire au revoir. Marcel hoche la tête, marque un temps d'arrêt, puis se rapproche pour la saluer. Du moins le croit-elle quand elle le voit se pencher vers elle. Mais alors qu'elle lui tend la joue, Marcel bifurque sa course et colle furtivement sa bouche contre la sienne. Nina ouvre de grands yeux et recule brusquement. Le baiser volé a été fugace, pourtant elle a eu le temps de remarquer à quel point ses lèvres étaient douces. Marcel se redresse, il lui sourit sans aucune gêne et hausse les épaules comme pour dire : « J'aurais tenté le coup. »

Sans le moindre soupçon d'arrogance, Marcel n'a peur de rien. Il a placé son pion sur l'échiquier et attend le prochain coup de son adversaire. Nina ne sait pas pourquoi, mais elle a envie de prolonger le moment, de goûter un peu plus à ses lèvres pleines. Elle veut oublier Nathan, ne serait-ce que le temps d'un baiser, se laisser aller dans les bras de cet inconnu atypique qu'elle n'aurait probablement jamais remarqué dans d'autres circonstances.

Elle reste face à lui, immobile, incertaine.

Marcel doit y déceler un semblant de feu vert car il se penche à nouveau, plus lentement cette fois. Nina plonge son regard dans ses yeux clairs, la curiosité l'emporte et elle comble finalement l'espace qui les sépare.

Lorsqu'elle remonte les marches jusqu'à son appartement, dix minutes plus tard, elle se sent légèrement étourdie. Même entre deux baisers, Marcel a réussi à la faire rire, puis il est reparti en dodelinant de la tête, les mains dans les poches, sans même prétexter un dernier verre pour la suivre à l'étage.

Elle effleure ses lèvres du bout de ses doigts, elle ne s'attendait pas à cela. Elle ne sait pas si elle le reverra un jour, ni ce que signifiait vraiment ce baiser. Une chose, néanmoins, demeurait une certitude. Au sein de cette parenthèse inattendue, jamais personne ne l'avait embrassée comme ça.

3

Quand Marcel ouvre un œil, la pièce est encore plongée dans le noir. Son téléphone affiche six heures trente, la fatigue alourdit ses paupières, pourtant il sait qu'il ne pourra pas se rendormir.

Il est rentré très tard hier soir, ou plutôt cette nuit, le temps de prendre le métro puis le RER A jusqu'à Poissy, dans les Yvelines, où il loge en fait chez son ami Romain. Il a aussi omis de dire à Nina qu'il repartait dans le Sud-Ouest en fin de semaine, juste après son tournoi d'échecs. Pour le reste, et de manière étonnante, il a plutôt été fidèle à lui-même.

Allongé dans le canapé-lit du salon, il replie les bras derrière sa tête et fixe l'obscurité. Il repense aux yeux noisette de Nina et à ses longs cils noirs, ses cheveux miel coupés au carré, si soyeux lorsqu'il a passé sa main dedans. Il revoit son sourire dévastateur, ses jambes et ses fesses musclées dans son jean moulant. Elle pratique la marche, le trail et l'escalade, d'où le galbe de son corps joliment dessiné. Lui aussi s'y connaît en randonnée, il faut dire qu'il y a de quoi faire, là d'où il vient. Marcel est né à Tarbes, où il occupe avec ses parents une petite maisonnette de ville qui donne sur le jardin Massey, quand il n'est pas à Toulouse pour son école de commerce. Il a décrit à Nina ses nombreuses escapades dans les Pyrénées, les trésors cachés de ces montagnes, les lacs, les forêts, les sommets enneigés, les nuits en tente sous la voûte scintillante, bercé par le grognement des sangliers, et Nina l'a écouté, les yeux brillant d'un intérêt sincère.

Il se remémore en détail leurs baisers échangés sur le trottoir, chaque sensation encore fraîchement gravée dans son esprit et dans sa chair. Le scénario est digne de *Coup de foudre à Notting Hill.* C'est lui William Thacker, l'homme un peu fleur bleue que l'on n'attend pas, celui qui tombe raide dingue d'une fille qu'il pense inaccessible mais qu'il arrive quand même à séduire grâce à son originalité. Certes, il ne possède pas le charme à l'anglaise de Hugh Grant mais plutôt le côté rustique du campagnard gascon, et si à l'écran Julia Roberts ne cesse de lui briser le cœur, Marcel est tout de même prêt à endurer n'importe quelle épreuve pour être avec une fille comme Nina.

Les premiers baisers sont parfois hésitants, laborieux même. On réfléchit, on ne sait pas vraiment quand entrouvrir les lèvres, quand inviter sa langue dans la bouche de l'autre. On suit parfois le rythme du partenaire et on se laisse guider. Les peaux se jaugent, les lèvres s'évaluent. Mais cette fois, pas du tout. Avec Nina, c'était comme si leurs bouches se connaissaient déjà depuis des années, comme si elles avaient été conçues l'une pour l'autre. Pas de temps d'adaptation ni de round d'observation, leurs bouches s'étaient accordées en une parfaite harmonie, synchronisées comme par magie. Elles s'étaient reconnues. Avait-elle ressenti la même chose que lui ?

L'esprit envahi d'arrêts sur image et d'émotions vivaces, il laisse un instant le puissant désir contenu la veille prendre possession de lui, le sang affluant vers son sexe soudain à l'étroit dans son caleçon à rayures. Puis il se lève promptement, respire un bon coup et se dirige vers la salle de bains. Bien qu'ils aient été témoins l'un comme l'autre de situations plus embarrassantes encore, il tient au peu de pudeur qu'il lui reste, et pas particulièrement à ce que Romain le surprenne en train de se masturber dans son propre canapé.

Sous le jet brûlant de la douche, il tente d'établir une stratégie efficace. Cette fille lui plaît, bon Dieu qu'elle lui plaît ! Mais il ne va pas commettre les mêmes erreurs que d'habitude : se précipiter dans la gueule du loup et pousser la reine à fuir à cause d'un plan d'attaque inadapté. Il va la faire mariner un peu pour lui montrer qu'il n'est pas accro. Les filles n'aiment pas les garçons trop insistants. C'est ce que son expérience personnelle et Romain lui ont appris. Il n'a pas son numéro, mais il a son adresse, c'est encore mieux. Il ira la voir d'ici quelques jours, la veille de son tournoi par exemple. Il pourrait même l'y inviter, il parie que cela lui plaira.

Satisfait, il se sèche, s'habille, et décide de descendre à la boulangerie acheter quelques chocolatines pour surprendre Romain à son réveil.

– Pains au chocolat, rectifie la boulangère sans l'ombre

d'un sourire, un air condescendant aux commissures des lèvres.

Décidément, la cordialité n'est pas de mise chez les Parisiens, c'est un fait. Chez lui, les gens sont accueillants, souriants, affables. Toujours le petit mot pour rire, la bienveillance sans trop forcer. Ici, à Paris et jusqu'en banlieue, il semble qu'une charge invisible pèse sur les épaules des gens. Que le gris du ciel s'est peu à peu transposé dans leurs cœurs.

En demandant une poche pour ses viennoiseries, il croise de nouveau les yeux ronds de la femme et se corrige :

– Pardon. Je peux avoir un sac, s'il vous plaît ?

Quand il rentre à l'appartement, Romain émerge de sa chambre, ses cheveux noirs en bataille et les yeux injectés de sang. Il s'installe sur la chaise haute de la cuisine ouverte et jette un œil curieux dans le petit sac en papier que Marcel vient de poser sur le plan de travail.

Marcel s'installe face à lui.

– Vas-y, c'est pour toi.

– Sérieux ? demande-t-il, son regard somnolant soudain animé d'une lueur gourmande.

Marcel acquiesce, attendri. Romain a perdu sa mère dans un accident quand il était petit, et son père n'a jamais vraiment fait cas de son existence. Il a grandi tout seul, petit arbuste sans tuteur planté sur un terrain mouvant, et n'a pas l'habitude que l'on s'occupe de lui. Tandis qu'il enfourne la moitié d'un pain au chocolat dans sa bouche, Marcel sort un petit paquet de sa poche et le pose sur la table.

– Je ne veux pas être dans la boucle, gros, dit-il en

poussant devant lui les trois sachets de cannabis confiés la veille. Je ne suis pas fait pour ça.

Romain hoche la tête et passe une main dans ses cheveux pour tenter de les discipliner. Puis il continue de mastiquer sans montrer d'émotion particulière. Marcel soupire, soulagé. S'il y a bien une personne avec qui il n'a pas envie de jouer la comédie, c'est Romain.

Tous deux se sont rencontrés à l'école primaire, en CE1, alors que Romain essayait déjà de négocier ses billes avec des CM2 dans la cour de récréation. Il est comme ça, Romain, c'est un marchand de tapis dans l'âme. Du plus loin qu'il se souvienne, Marcel l'a toujours connu essayant de refourguer sa camelote pour en tirer un bénéfice. Les billes, les cartes Pokémon, les devoirs contre salaire, les cigarettes, puis le cannabis, et le reste.

Tout les opposait, Romain était aussi brun que Marcel était blond, l'un aussi téméraire que l'autre était peureux. Un jour, Marcel avait échangé à un élève de CE2 très convaincant son bigarreau multicolore contre deux billes siamoises. Romain, témoin de la scène, avait posé une main sur son épaule à l'issue de la transaction. « Tu te rends compte que tu viens de te faire escroquer là ? » lui avait-il soufflé, indigné de tant d'ingénuité. Marcel ne sait pas pourquoi, mais Romain avait alors décidé de le prendre sous son aile, lui qui n'avait pas beaucoup d'amis. Romain avait été le seul à percevoir sa fragilité et son besoin d'amour cachés derrière une stature intimidante, et, depuis, ils étaient devenus comme des frères. Au cours des différents cursus scolaires, et même lorsque Romain était parti étudier le droit à Paris, ils ne s'étaient jamais lâchés.

Marcel ne cautionne pas ses fréquentations ni ses petites combines de dealer, mais sa loyauté n'en reste pas moins inconditionnelle.

Marcel observe son ami, son teint grisâtre et ses lèvres sèches, presque blanches. Son regard est perdu dans le vide, ses épaules sont voûtées. Rien ne laisse transparaître la fraîcheur de ses vingt-trois ans, il semble plutôt avoir eu dix vies, toutes plus éprouvantes les unes que les autres.

– Qu'est-ce que tu prends en ce moment ? questionne Marcel d'une voix douce. Tu as vraiment une sale tête, mon pote.

– Mais rien, réplique Romain, agacé. J'ai juste mal dormi.

Marcel n'insiste pas, il ne sait pas y faire. Il aimerait pourtant lui signifier qu'il est en train de s'enfoncer dans une spirale infernale et qu'il va finir par gâcher sa vie. Il voudrait lui dire qu'il ne le juge pas, qu'il est là pour l'écouter, pour l'épauler, quel que soit le moment, quelle que soit la raison.

Mais il reste silencieux et se contente de croquer à son tour dans son pain au chocolat.

Le samedi suivant, sur les coups de midi, il se rend rue Jean-Bologne et repère la porte bleue de l'autre soir. Le soleil est au zénith de son hiver, accompagné d'un froid sec qui engourdit le bout du nez. Une dame avec un petit chien engoncé dans un minuscule manteau canin sort de l'immeuble et Marcel en profite pour s'y engouffrer. Sur chaque palier, il fait un tour pour vérifier les noms sur les sonnettes. Nina lui a dit qu'elle s'appelait Boisseau, ou Boissard, il n'en est plus sûr à présent. Au quatrième étage, sur le perron de gauche, il déchiffre, rajouté en tout petit au crayon sous le nom de Fremin, celui de Boisset. On y est, c'est ici, se dit-il, les mains soudainement moites. Il a répété son speech depuis cinq jours, il est prêt. Malgré tout, son cœur palpite jusque dans la gorge. Il souffle un grand coup, replace une mèche folle en arrière et appuie son doigt sur la sonnette.

Après quelques secondes d'attente fébrile, la porte s'ouvre en grand et il se retrouve face à un jeune homme baraqué d'environ son âge. Cheveux bruns, yeux bruns, barbe pleine, mâchoire virile, le gars ressemble à une gravure de mode.

Marcel se fige, cela ne faisait pas partie du plan. Il doit paraître un peu perdu car l'homme hausse un sourcil interrogateur.

– Bonjour ?

Pas de panique, s'exhorte Marcel, le mannequin est peut-être le petit ami de sa colocataire.

– Bonjour, je... Je suis un ami de Nina.

Le visage de la gravure se détend. Il lui tend la main, sa poignée de main est franche, son sourire Colgate éclatant.

– Nathan, se présente-t-il.

Bien sûr, il n'allait pas s'appeler Maurice, c'eût été trop beau pour être vrai.

Nina apparaît alors à côté de lui, elle porte une courte tunique verte qui dévoile ses jolies jambes et Marcel tâche de ne pas laisser traîner son regard sur le galbe de ses cuisses. Elle a l'air surprise de le voir là. Un brin mal à l'aise, aussi. Nathan pose une main sur sa nuque et Marcel sent son estomac dégringoler dans ses Stan Smith, sorties pour l'occasion.

– Oh ! Salut, Marcel, dit-elle timidement.

Marcel ne sait plus où se mettre. Les deux paires d'yeux continuent de le fixer, attendant une suite qui ne vient pas. Les secondes s'étirent, inconfortables, et lorsque Nina ouvre de nouveau la bouche, son ton se veut nonchalant mais trahit une légère appréhension.

– Tout va bien ?

– Oui…, ment-il. Ça va, merci. Je… je voulais savoir si ça te… Euh, si ça vous disait de venir me voir à mon tournoi d'échecs demain. Ça commence à dix heures.

Nina danse d'un pied sur l'autre, nerveuse, mais Nathan répond immédiatement à sa place. Si le cœur de Marcel ne pesait pas si lourd, si sa déception ne brouillait pas autant sa perception des choses, la spontanéité de Nathan lui ferait presque plaisir.

– Carrément ! s'exclame-t-il. J'adore les échecs. Et ça tombe bien, c'est mon jour de repos. On y va ?

En plus de sa gueule d'Apollon et de son corps d'athlète, Nathan a l'air sympa. Et manifestement, il ne considère absolument pas Marcel comme un danger, ce qui a le don de le renfrogner davantage.

Nathan regarde sa montre et déclare qu'il doit y aller. Il plaque un baiser sur la joue de Nina avant de passer devant Marcel, son sac de sport sur l'épaule.

– À demain, Marcel, et bonne chance !

Après le départ de Nathan, Marcel ne sait plus très bien ce qu'il doit faire. Sa stratégie et ses attentes viennent de voler en éclats, il est complètement déstabilisé. Appuyée contre le chambranle de la porte, Nina ne lui propose pas d'entrer, et ils restent un instant face à face dans un silence embarrassé. Finalement, Marcel prend les devants en tentant de cacher son amertume.

– Je ne savais pas que… que tu avais quelqu'un.

– Moi non plus, répond-elle, laconique. C'est compliqué.

– Hum…

Nouveau silence. Nina perçoit sa déception et se radoucit. Face à ses sourcils froncés, cet air enfantin et ce regard buté, elle ne peut s'empêcher de sourire.

– On viendra t'encourager demain, tu peux compter sur nous, affirme-t-elle.

Marcel lui communique l'adresse en espérant qu'ils changent d'avis d'ici là. Il ne veut pas la voir une seconde de plus au bras de Monsieur Parfait, tout ça pour constater que ce qu'il a touché du doigt et du bout des lèvres est désormais hors de portée. Cela pourrait même le déconcentrer lors de ce tournoi qui représente des mois et des mois d'entraînement et de visualisations.

Lorsqu'il ressort dans la rue, il a envie de se taper la tête contre le premier réverbère qui passe. Comment a-t-il pu penser qu'une fille comme elle s'intéresserait à lui ? Elle a simplement eu un moment d'égarement, dont il a su profiter en forçant un peu le destin. Rien de plus. Il se trouve ridicule et naïf. Il est pourtant conscient qu'il n'a pas un physique de play-boy, mais il avait cru le temps d'une soirée que leur connexion avait été réciproque.

Avant de partir, la tête passée par l'entrebâillement de

la porte, elle lui avait asséné la phrase qu'il aurait aimé ne jamais entendre. Gentiment, avec une bienveillance teintée de pitié, elle avait étouffé ses projets dans l'œuf en une poignée de mots :

– Ce serait cool qu'on reste amis.

4

Nina est debout à côté de Nathan, ce dernier ne quitte pas la table des yeux, les bras croisés. Il semble s'être pris au jeu, rien d'étonnant compte tenu de son tempérament ultra-compétiteur. Elle le voit parfois tressaillir, comme si c'était lui qui mettait son titre en jeu sur le plateau noir et blanc. Elle non plus n'a jamais assisté à un tournoi d'échecs. Elle connaît les règles à la louche ; elle y jouait avec son grand-père lorsqu'elle passait les vacances dans leur maison en Auvergne. Il y avait peu d'activités, alors ils enchaînaient tous les deux les parties de dames, de Puissance 4, de petits chevaux, d'échecs.

C'est le silence, presque aseptisé, qui l'impressionne le plus, à l'opposé des compétitions d'athlétisme de Nathan auxquelles elle a assisté. Ici les connaisseurs murmurent, commentent tout bas chaque coup, tentent d'anticiper le prochain. La grande salle dans laquelle les tables sont réparties transpire la concentration extrême. L'air est presque opaque de toutes ces collisions de neurones en fusion.

En milieu d'après-midi, Marcel est en demi-finale. Il joue contre un jeune garçon d'une quinzaine d'années, champion de France des Jeunes en titre, réputé être le nouveau prodige des échecs français. Curieux d'observer le petit phénomène en action, les gens se sont regroupés en masse autour de la table où les deux joueurs se rendent coup pour coup, d'après ce que Nina capte des commentaires de son voisin de droite. Le prodige porte des lunettes rondes et une raie au milieu de ses cheveux blonds qui ne laissent planer aucun doute sur son statut de premier de la classe. Il prend régulièrement des notes sur un carnet tandis que Marcel reste le regard rivé sur l'échiquier, le front plissé par une intense réflexion. C'est à peine s'il cligne des yeux. Nina, qui a du mal à rester concentrée sur la partie, finit par s'amuser à compter ses battements de paupières. Douze. Il a cligné des yeux seulement douze fois au cours des dix dernières minutes. Son visage qu'elle a connu avenant et espiègle est à présent dur et impénétrable. Elle se surprend même à le trouver viril, assis devant son damier, une goutte de sueur dégoulinant le long de sa tempe.

Le combat s'éternise, cela fait une heure et demie que les deux joueurs ont entamé le match. Il n'y a plus beaucoup de pions sur l'échiquier, et chaque coup suscite des exclamations de plus en plus bruyantes de la part du public, signe d'une entrée excitante dans le *money time.* Malheureusement, à la suite d'un dernier mouvement du fou adverse, Marcel abdique le premier. Il incline son roi sur le damier et tend la main à son adversaire. Échec et mat. Le gamin surdoué se lève et fait une petite révérence à son auditoire, il paraît déjà fin prêt pour la gloire et la célébrité, bien que la salle ne compte qu'une cinquantaine de personnes. Il ne doute de rien celui-là, fulmine Nina en l'observant réajuster ses lunettes avec un sourire satisfait.

Marcel, quant à lui, est resté assis à sa place, les yeux dans le vague. La déception se lit sur ses traits et Nina hésite à le laisser seul ou à venir le féliciter pour son parcours. Après une mauvaise compétition, Nathan s'isole et ne lui adresse plus la parole pendant un jour entier, parfois plus. Elle doit attendre sagement que la déconvenue passe, que la frustration s'estompe, jusqu'à ce qu'il revienne finalement vers elle, penaud. Comme s'il lisait dans ses pensées, ce dernier l'entraîne à l'écart et lui fait comprendre par un mouvement de tête que ce n'est pas le moment. Elle lance un dernier regard à Marcel, un garçon très brun est venu le rejoindre et lui tapote l'épaule chaleureusement. Elle décide alors d'écouter son instinct et se détourne de Nathan pour rebrousser chemin. En arrivant dans le dos de Marcel, elle salue brièvement le garçon debout à ses côtés et pose une main légère sur son épaule. Ne sachant que dire, elle lui sourit simplement quand il lève les yeux vers elle. À sa grande surprise, elle voit son visage s'adoucir et lui rendre un sourire triste.

– Merci d'être venue, bredouille-t-il.

Elle est tellement habituée à la colère froide de Nathan qu'elle se sent un instant déstabilisée. Elle aimerait le prendre dans ses bras pour le réconforter et gommer le rictus découragé qui lui barre le visage. Le jeune homme aux cheveux de jais se racle la gorge avant de s'adresser à elle :

– On comptait aller prendre un café de l'autre côté de la rue, vous voulez vous joindre à nous ?

Marcel lui lance un drôle de regard, elle ne saurait dire si cela ressemble à un remerciement ou à une réprimande silencieuse que Romain, ainsi qu'il s'est présenté, ignore royalement.

– Hum… Je ne sais pas, hésite Nina en jetant un œil à Nathan qui continue sa route vers la sortie.

– Allez, insiste-t-il, jovial, ça va nous faire du bien, ça a été une longue journée pour tout le monde.

Deux heures plus tard, elle est toujours attablée au café en compagnie de Romain et Marcel qui a rapidement repris du poil de la bête. Elle rit, beaucoup, comme ça ne lui était pas arrivé depuis longtemps. Elle doit parfois se tenir les côtes tant ses abdos se contractent douloureusement, ou bien essuyer une larme qui perle au coin de son œil. Marcel était drôle à lui tout seul, mais à eux deux, galvanisés par ses rires bon public, ils constituent un duo comique irrésistible. Exubérant pour l'un, pince-sans-rire pour l'autre, c'est à peine s'ils ne finissent pas mutuellement leurs phrases. Leur complicité est palpable et touchante. En les regardant, elle se rend compte qu'à part Sylvia elle n'a lié aucune amitié dans la capitale. Cela fait bien longtemps qu'elle a maintenant perdu de vue ses amis du Sud. Elle n'est pas très douée pour entretenir des relations à distance. Le constat est plutôt alarmant : elle n'a plus beaucoup d'amis.

Nathan a poliment décliné l'invitation. Le devoir l'appelait, comme souvent, comme toujours. Il est incapable de se laisser aller, même le dimanche. Elle admire chez lui son tempérament stakhanoviste autant qu'elle en est agacée. « Vas-y toi, chérie, avait-il ajouté, je t'appelle après ma récup. » Elle n'aime pas quand il l'appelle « chérie ». C'est classique, niais et impersonnel. Mais il persiste. En deux ans, il n'a visiblement pas trouvé mieux.

Sur le trottoir, Nina et les deux acolytes se disent au revoir à regret. Marcel lui fait une petite accolade, elle retrouve fugacement l'odeur de son parfum sur sa chemise et tâche de repousser les images du week-end dernier qui tentent de se frayer un chemin jusqu'à sa conscience.

– Si l'envie te prend de visiter les Pyrénées, tu es la bienvenue ! lui lance-t-il tandis qu'elle s'éloigne en leur faisant un signe de la main.

Quand elle rentre chez elle, Carine somnole devant la télé, les yeux mi-clos sous sa frange brune aux reflets fuchsia. Carine change de couleur de cheveux tous les quatre matins ; ses métamorphoses lui évitant d'avoir à affronter la même personne tous les jours devant le miroir. La première fois que Nina l'a rencontrée, alors qu'elle cherchait un endroit pour vivre dans Paris sans avoir à vendre un rein au marché noir, Carine arborait un blond peroxydé. Depuis, elle était passée par toutes les couleurs de l'arc-en-ciel.

Nina s'affale sur le canapé à côté d'elle avec un bruyant soupir de satisfaction.

– Eh bien, eh bien ! J'en connais une qui a passé un bon après-midi de retrouvailles avec son amoureux, s'exclame sa colocataire avec un sourire moqueur en sortant de sa léthargie.

– Même pas, dit Nina, la tête renversée contre le dossier du canapé. Mais c'était exactement ce qu'il me fallait.

5

Jour J

Son téléphone posé sur les genoux vibre deux fois, signalant l'arrivée d'un texto :

Vous êtes où ??

Son frère commence à s'impatienter, et il y a de quoi. Ils ont déjà une demi-heure de retard, tout le monde les attend pour commencer la cérémonie. Nina pianote à toute vitesse :

On arrive !

La voiture emprunte la sortie Cagnes-sur-Mer et remonte la départementale en direction de Saint-Paul-de-Vence.

Cinq minutes plus tard, Marcel gare le véhicule sur un petit talus en contrebas du village et tous deux se mettent à courir en direction de l'église. Nina manque de se tordre la cheville à plusieurs reprises, ses talons se logent dans les interstices des petits pavés et elle se retient *in extremis* au bras de Marcel qui se gausse de sa démarche claudicante.

Finalement, la petite église apparaît en haut de la butte,

sa tour carrée culminant fièrement au milieu du village. Une soixantaine de personnes, toutes mises sur leur trente-et-un, les attendent avant de prendre place à l'intérieur. Accablé par la chaleur, un petit groupe s'est abrité sous l'unique palmier qui jouxte l'entrée et se ventile avec les moyens du bord. Faire-part, prospectus, chapeaux, tout est bon pour créer un minuscule courant d'air sur leurs visages empourprés. Un murmure parcourt la foule à leur arrivée, suivi d'acclamations soulagées mêlées à des regards réprobateurs.

Son frère les rejoint à grands pas, il serre Nina dans ses bras avec force puis embrasse Marcel. Il a fière allure, dans son costume bordeaux et ses mocassins noirs, bien que son front luise de sueur et que sa chemise blanche colle à son torse. Il leur sourit, nerveux.

– Espérons que celui-là soit le bon ! dit-il en guise d'accueil, à moitié sérieux.

Nina lui rend tendrement son baiser avant d'aller rejoindre les invités, dont sa mère, radieuse et volubile, qui la sermonne gentiment.

Chacun se faufile enfin dans la petite église, pressé de retrouver la fraîcheur des lieux.

Lorsque sa belle-sœur, splendide dans sa robe de mariée droite et simple, remonte l'allée sous une mélodie de marche nuptiale, Nina ne peut dissimuler une joie sincère. Contrairement au mariage précédent, elle est heureuse d'assister à cette union. Avec son naturel et sa bonne humeur communicative, Laetitia est de loin sa belle-sœur préférée, aussi se réjouit-elle à l'idée qu'elle fasse officiellement partie de la famille.

Le prêtre, un homme rond à la voix particulièrement

stridente, livre un long discours dénué d'originalité qui arrache quelques discrets bâillements à l'assemblée.

Les yeux rivés sur son téléphone, Marcel laisse échapper une exclamation étouffée. Nina lui donne un petit coup de coude.

– Concentre-toi ! lui ordonne-t-elle avec un regard noir.

– Attends, tu vas pas le croire, j'ai un match sur Tinder !

Nina lève les yeux au ciel, exaspérée, puis reporte son attention sur les mariés.

6

Huit ans plus tôt…

Filtrant à travers les persiennes, les phares des voitures viennent balayer de temps à autre le plafond de sa chambre. Paris ne dort jamais vraiment, tout comme elle, désormais. Sa paume vient s'écraser avec rage sur la couette. Cela doit faire au moins quatre heures qu'elle se retourne dans son lit, en vain. L'oreiller à côté d'elle a conservé quelques traces d'une odeur familière, elle y enfouit son nez pour en aspirer les derniers effluves et pour pleurer, une fois encore. Un dernier vestige de la présence de Nathan. Le coussin ne sera bientôt plus qu'un chiffon trempé de ses larmes.

Elle a mal, une douleur qui irradie dans tout son corps, qui lui brise le dos et lui noue le ventre quand elle doit se lever pour aller aux toilettes, quand elle se traîne jusqu'à la cuisine pour picorer quelques Frosties dans le paquet de céréales. Déjà dix-huit jours qu'elle est un zombie, dix-huit jours qu'elle se nourrit de cochonneries, dix-huit jours d'insomnie et d'un chagrin déjà vécu, déjà surmonté. Pourtant il lui a refait le coup, et cette fois pour de bon. Elle était trop centrée sur elle-même, lui avait-il expliqué calmement, trop obnubilée par ses études aux Beaux-Arts, par son envie de réussir. Son ambition l'empêchait de se consacrer entièrement à lui, à leur couple. Surtout à lui.

– C'est l'hôpital qui se fout de la charité ! s'était-elle entendue hurler.

Nathan l'avait regardée avec cet air hautain qu'elle exécrait tant, il ne semblait pas accepter que leurs rêves aient la même importance. Ce n'était pas d'une petite amie dont il avait besoin, mais d'une groupie.

Elle se souvient du premier jour où elle a pénétré dans l'enceinte du palais des Beaux-Arts, des rêves plein la tête du haut de ses dix-neuf ans. De ce que cela signifiait pour elle : quitter son Sud et sa famille pour partir à la conquête de sa destinée. Elle s'était extasiée devant le bâtiment majestueux, les arches, les statues et la cour magistrale, devant la symbolique de l'édifice.

Elle voulait être peintre. Elle aspirait à devenir l'un de ces artistes reconnus pour leur vision et leur talent dont les toiles sont exposées dans les plus grandes galeries parisiennes, prisées par des connaisseurs du monde entier. Elle voulait inspirer les gens, leur transmettre toutes sortes d'émotions grâce à son coup de pinceau. Depuis toute petite, le dessin s'était imposé à elle comme une seconde nature. C'était sa façon de s'exprimer, de cerner les gens, de saisir l'instant.

Au terme de sa deuxième année, elle s'était cependant aperçue, ou plutôt convaincue, qu'elle nourrissait là une utopie. En côtoyant quotidiennement de jeunes artistes bien plus talentueux qu'elle et en se comparant sans cesse à leurs brillantes aptitudes, elle était peu à peu redescendue sur terre. Quelles étaient ses chances de devenir une peintre accomplie face à ces génies en puissance ? Paralysée par la peur de l'échec, elle en avait perdu sa flamme, son insouciance, et s'était alors rabattue sur un choix raisonnable, un domaine moins risqué. Elle avait quitté les Beaux-Arts et intégré l'ENSAD, l'École nationale des arts décoratifs, afin de s'orienter vers la section architecture d'intérieur. Au cours de ce changement de filière, elle avait été surprise de l'aval immédiat accordé par sa famille, soulagée sans doute de ce prudent revirement. Malgré l'amertume d'avoir renoncé à une partie de son rêve, elle travaillait d'arrache-pied, passionnée par la richesse de ses études d'architecte, y découvrant le compromis parfait entre la rigueur et la créativité, entre le concret et l'artistique.

Visiblement trop passionnée aux yeux de Nathan qui s'était parfois vu relayé au second plan, au grand dam de son ego de sportif surdimensionné.

Sur les conseils de Carine, croisée un matin devant la porte de la salle de bains, elle a tenté de méditer, sans succès. Chaque fois qu'elle se met en tailleur et ferme les yeux, elle revoit son visage et ressent son absence jusque dans ses tripes. Carine dit que c'est normal, qu'il faut qu'elle observe les sensations physiques associées à sa douleur émotionnelle. C'est ainsi qu'elle arrivera à les dépasser, à les apprivoiser, en restant ancrée dans le moment présent, sans revenir sur ce qui fut avec Nathan ni se projeter sur ce qui sera sans lui. « Conseil d'une spécialiste des cœurs brisés », lui avait-elle affirmé avec un clin d'œil, sans que Nina ait la force de la questionner davantage.

Elle repense à leur première séparation, au moment où Nathan était revenu au lendemain de sa soirée avec Marcel. Il était arrivé chez elle comme s'il pressentait qu'elle pourrait passer à autre chose et enfin se détacher de son emprise. Après trois mois, elle en était pourtant loin.

– Tu me manques, Nina, lui avait-il confié simplement en plongeant ses yeux bruns dans les siens.

Et voilà, cela avait suffi. Elle l'avait immédiatement pardonné. Le revoir, beau à tomber, et l'entendre dire qu'elle lui manquait, quelle que soit la véracité de ses propos, avait effacé comme par magie l'ardoise chargée de souvenirs douloureux et de rancœurs. Oubliée, la petite aventure avec la perchiste ukrainienne rencontrée lors d'une compétition. Relégués, la trahison et les mensonges. Maintenant qu'il était là, devant elle, les traits tirés, les yeux implorants, elle avait refoulé son amour-propre et s'était blottie contre son torse pour se laisser envelopper dans ses bras secs et musclés. Elle était prête à repartir de zéro.

Elle aurait mieux fait d'y réfléchir à deux fois.

La pomme rouge et tentatrice qu'il lui avait tendue s'était avérée véreuse dès la première bouchée. Elle s'était obligée à la grignoter en entier, à boire le calice jusqu'à la lie, quitte à être consumée par les flammes dévorantes de la personnalité de Nathan. Au moins, maintenant, elle savait. La relation était indigeste, et il n'y aurait plus de retour en arrière possible. Cela ne l'empêchait pas de le réclamer de tout son être, de l'appeler de tout son corps. Le cœur se fiche pas mal du rationnel.

Elle prend son téléphone posé sur le plan de travail de la cuisine et fait défiler les photos de leurs deux ans de relation, avant de les effacer toutes, une par une. Autant de sparadraps à arracher d'un coup sec. Au milieu du lot, une photo datant de l'année précédente l'interpelle. Un selfie qu'elle avait fait avec Romain et Marcel. Leurs sourires sincères crèvent l'écran, elle ne reconnaît pas sa propre expression, presque puérile. Marcel était ensuite rentré chez lui à Tarbes, ils avaient échangé quelques messages, puis chacun avait repris son quotidien respectif, ses études et ses échecs pour lui, son école d'art et son Nathan pour elle. Aujourd'hui Nathan était parti, et son quotidien ne ressemblait plus à rien.

Depuis presque trois semaines, sa mère la mitraille de textos et d'appels. Elle se fait du souci pour sa fille. Il suffirait d'un mot de Nina, d'un seul, pour qu'elle saute dans le premier train, direction gare de Lyon. Mais Nina ne veut pas de compagnie, ni celle de Sylvia, ni celle de sa mère, ni celle de Carine, qu'elle s'évertue à éviter dans les couloirs de l'appartement. Elle a besoin de cuver son chagrin seule, de se laisser couler jusqu'à toucher le fond, afin de mieux pouvoir remonter à la surface. Du moins c'est ce qu'elle espère. Tout ce qu'elle ressent pour l'instant, c'est son incapacité à reprendre sa respiration, ses poumons se remplissant de larmes jusqu'à la faire suffoquer.

Elle fait chauffer de l'eau dans la vieille bouilloire en inox et allume son ordinateur pour s'abrutir devant un énième film à l'eau de rose. Sans même s'en apercevoir, elle se retrouve sur Facebook, à faire défiler les dizaines et dizaines de publications de ses amis virtuels. Chacune, presque sans exception, est accompagnée de photos à faire pâlir de jalousie quiconque y mettrait le nez. Voyages, sourires, soirées, couples amoureux, niais sur les selfies où ils se mettent en scène. La vitrine du Net est un concours de celui ou celle qui fera le plus d'envieux. Et gourde comme elle est, elle arrive encore à tomber dans le panneau. Le jingle d'un vieux feuilleton des années quatre-vingt lui revient en tête. Amour, gloire et beauté, des mots qui font rêver. Des profils qui font rêver par leur indécente perfection, tandis que sa propre vie n'est qu'une succession de désillusions. Elle n'a rien à poster, rien à vendre.

Dans la barre de recherche, elle tape le nom de Marcel Dubourg. Ils ne sont pas « amis » selon les critères de Facebook, mais elle peut tout de même accéder à son profil et aux quelques rares photos qu'il a postées au cours de l'année, pour la plupart des photos à la montagne, au ski ou à la pêche. Sur l'une d'elles, il tient à bout de bras un poisson long comme une jambe, un sourire de gamin dessiné sur les lèvres. Le visage de Nina s'illumine quand elle détaille la photo, et c'est bien une première depuis dix-huit jours. Les autres clichés, où le vert et le bleu se côtoient sur un fond de nature chatoyante, lui rappellent à quel point la campagne lui manque. La terre, la cime des arbres, le chant des oiseaux. Sa dernière randonnée date de plus de trois mois, quand elle est allée voir ses parents et qu'ils ont grimpé la Sainte-Victoire sous un soleil printanier. Ils connaissent cette montagne par cœur. La balade n'est pas très longue, mais le panorama offert au sommet est époustouflant, et elle ne changerait ce rituel pour rien au monde. Rocky, le jack russel de ses parents, ouvrait la marche avec entrain, un bâton fièrement fiché entre les crocs.

Nina palpe machinalement ses cuisses. Elle a perdu en muscles et en vigueur depuis qu'elle est devenue parisienne. Elle a même pris un peu de poids. Elle se trouve grosse et flasque. Voilà sans doute pourquoi Nathan l'a de nouveau quittée, lui qui côtoie à longueur de journée des filles aux corps élancés dépourvus de cellulite. Elle replonge sa main dans le paquet de céréales, elle n'est plus à ça près.

Tout en mastiquant, elle retourne dans ses souvenirs. Se remémore les excursions qu'elle faisait déjà toute petite avec ses parents et son frère et ressent soudain un manque profond, presque aussi profond que celui de Nathan. La randonnée, la connexion à la nature, c'est une institution dans la famille. À neuf ans, elle grimpait sans rechigner des monts culminant à plus de deux mille mètres. Elle revoit avec précision les réveils à cinq heures du matin, juste avant l'aube, tirée lentement du sommeil par les doux baisers de sa mère afin de marcher sous des températures clémentes. Ses parents possédaient un petit cabanon à Péone, dans le massif du Mercantour, où la famille venait passer le mois d'août, coupée du monde. Elle se souvient des levers de soleil sur les crêtes, des bouquetins cavalant à distance respectable, de la légende du dahu, cet animal aux pattes asymétriques lui permettant de marcher à flanc de montagne, que son père lui racontait pour passer le temps. Elle entend le sifflement des marmottes, debout sur leurs pattes arrière, pour alerter leurs congénères de la présence de prédateurs, pendant que les rapaces tourbillonnaient dans le ciel, leurs plumes soyeuses baignées par la lumière de l'aurore. Elle ne peut oublier l'ébahissement ressenti devant de tels spectacles, le silence de l'altitude, les jambes alourdies par l'effort et la satisfaction de l'objectif atteint. Comme un symbole, celui de persévérer jusqu'au bout, pas après pas, pour culminer au sommet, quelles que soient la hauteur et la difficulté du parcours.

Elle se dit alors qu'elle n'y est pas vraiment allée, au bout de sa peinture. Qu'elle s'est laissé décourager par les derniers mètres de l'ascension escarpée, par ceux qui montaient plus vite qu'elle, la dépassant à grandes enjambées. Qu'elle n'aura jamais goûté à l'apogée, quitte à trébucher pour l'atteindre. Qu'elle a eu le vertige, comme souvent.

Quoi qu'il en soit, depuis qu'elle vit ici, elle a coupé le lien avec les traditions, avec cet équilibre fondamental. Pas étonnant qu'elle ne se sente toujours pas à sa place à l'issue de deux années de vie parisienne. Elle pourrait redescendre chez elle quelques jours, mais l'idée d'avoir sa mère sur le dos, à l'assaillir de questions pour la faire parler, à la couver comme une maman poule ressentant le devoir d'agir, lui déplaît fortement. C'est qu'elle est prévenante, sa mère, ça oui, et inconditionnellement dévouée à ses enfants. Elle ne se rend pas compte qu'elle en devient parfois étouffante de bonnes intentions.

Nina en est persuadée à présent, elle connaît l'unique moyen de remonter la pente : noyer ses pensées dans la contemplation de la nature et le roulis de la marche.

Remonter la pente, au sens propre et au sens figuré. Ce sera sa méditation à elle.

Alors sans plus réfléchir, elle se met à rédiger un sms. *Salut Marcel, comment vas-tu ? Où es-tu en ce moment ?* Elle l'efface dans la foulée, le réécrit, l'efface à nouveau et finit par reposer son téléphone. Quelle drôle d'idée : il est trois heures du matin et elle n'a pas l'esprit clair.

Pourtant, quelques jours plus tard, la campagne défile derrière la fenêtre du TGV l'emmenant en gare de Toulouse. L'idée, tenace, ne l'avait pas lâchée depuis cette nuit d'introspection, et la réponse de Marcel, claire et concise, avait définitivement scellé son sort. Il était à Tarbes pour le week-end et pouvait lui concocter un programme aux petits oignons. Elle ne lui avait pas expliqué le pourquoi du comment, il n'avait posé aucune question.

Sans hésiter plus longtemps, elle avait pris son billet de train et loué un studio dans le centre de Tarbes. Maintenant qu'elle est assise dans le compartiment, elle espère néanmoins qu'il ne se fait pas de fausses idées quant à sa venue. Pourvu qu'aucun malaise ne vienne s'immiscer entre eux, elle n'a pas besoin de cela. Seulement d'un guide, d'un ami.

Mais la vision réconfortante de Marcel dépliant sa grande carcasse de la Twingo rouge garée au dépose-minute de la gare chasse ses craintes en une fraction de seconde. Il a toujours ce visage débonnaire et ce même regard franc. Il l'embrasse sur chaque joue et prend son sac à dos.

– Prête à tomber amoureuse ? demande-t-il une fois sur l'autoroute en direction de Tarbes-Lourdes.

Nina le regarde, interloquée, et une vague d'angoisse l'envahit. Marcel éclate de rire à la vue de sa mine inquiète.

– Ça va, détends-toi un peu ! Je parlais de la région. Tu sais que tu n'en repartiras pas indemne avec ce que je t'ai préparé.

Elle rit de bon cœur et lui donne une petite tape sur l'épaule. Marcel ne croyait pas si bien dire. Nina est reçue à dîner comme un membre de la famille par les Dubourg et elle se sent tout de suite à l'aise dans cette maison à la décoration vieillotte. Elle comprend alors d'où viennent l'aisance et le franc-parler de Marcel. Ses parents, Gisèle et Jean, dont les physionomies petites et replètes détonnent avec celle toute en longueur de leur fils, sont les personnes les plus chaleureuses qu'elle ait jamais rencontrées. Ils l'accueillent avec une pétulance désarmante autour d'un repas de fête à faire frémir un végétarien. Magret de canard, foie gras, rillettes et jambon de Bayonne, Nina entrevoit l'indigestion qui la guette sous les aimables sommations de Gisèle de ne pas se gêner.

– Vous êtes toute maigre, Nina ! Il faut prendre des forces pour ce week-end ! la sermonne-t-elle en lui resservant une portion de cassoulet.

Après une dernière liqueur faite maison qui achève d'alourdir ses paupières, Marcel la raccompagne à son appartement.

– Repose-toi bien, nous avons une grosse journée demain.

À peine la tête posée sur l'oreiller et pour la première fois en près d'un mois, elle s'endort avec une douce chaleur au creux du ventre, sans qu'aucune sombre pensée vienne perturber son sommeil.

Le matin aux aurores, Marcel et ses deux cousins – des faux jumeaux du nom de Coralie et Corentin – l'attendent devant chez elle dans un vieux van décrépit. Tandis qu'elle somnole encore à l'arrière du véhicule, eux sont déjà bien éveillés et parlementent activement de l'itinéraire. Elle n'a qu'à se laisser guider, portée par le courant comme un bout de bois sur l'eau.

Depuis Tarbes, ils annoncent à Nina qu'ils rouleront jusqu'à Cauterets, à environ une heure de route. De là, ils commenceront leur excursion à pied. Les jumeaux sont sympathiques et curieux, ils en profitent pour la questionner sur sa vie, sur sa famille, et très vite, ils la mettent en confiance, comme l'avait fait Marcel lors de leur première rencontre.

Niché au creux d'un cirque verdoyant transformé en pistes enneigées l'hiver, Cauterets est un adorable village thermal connu de tous les amoureux des Pyrénées. Une fois sur place, la fine équipe gare le vieux van – un héritage de leur grand-père hippie, précise Corentin – à l'ombre d'un mélèze, et entame son périple, les sacs à dos remplis d'eau et de provisions. Tout en continuant de discuter, ils remontent le long d'un ruisseau par un petit chemin en sous-bois qui fleure bon le pin et le lichen. Nina les suit. Elle observe, écoute. Coralie est une vraie pipelette. Elle en arrive même à formuler les questions et les réponses. Corentin pouffe alors discrètement dans son dos.

– Après, elle s'agace que je ne l'écoute pas, murmuret-il à Nina, la prenant à témoin. Mais il faut bien faire un tri !

Marcel s'interpose.

– Arrête Coco, ça fait bien longtemps que tu ne l'écoutes plus, ta sœur. C'est plus un tri là, c'est un boycott.

Nina étouffe un rire sur lequel Coralie se retourne avec un regard noir.

– Vous me dites, hein, si je vous dérange ! proteste-t-elle, les mains sur les hanches.

Lorsqu'ils s'arrêtent pour pique-niquer sur une pierre plate au bord de l'eau, Nina s'adosse à un tronc d'arbre et se laisse bercer un instant par le bruit du courant. Celui-ci est assez fort pour couvrir tout le reste, elle se concentre sur l'écho de l'eau qui coule et frappe contre les rochers. Marcel la réveille en la secouant doucement. Elle s'est endormie, la tête posée contre l'écorce de l'arbre, plus profondément que dans son lit douillet du XVIe.

Ils reprennent leur marche jusqu'au Pont d'Espagne, d'où la cascade prend sa source et dégringole avec force, puis empruntent un télésiège leur permettant de survoler une immense plaine à la végétation chatoyante, qui se transformera dans quelques mois en piste de ski. Nina parvient à oublier Nathan pendant de longues minutes, tant elle est absorbée par le paysage. Aux abords du lac de Gaube, à plus de mille sept cents mètres d'altitude, elle reste bouche bée devant les eaux turquoise qui reflètent le ciel tel un miroir. En manque d'entraînement, oppressée par la chaleur accablante du mois de septembre, elle sent ses jambes se gonfler d'acide lactique, mais le refuge des Oulettes, où ils passeront la nuit, n'est plus très loin, promet Corentin. Sur le chemin, Marcel lui décrit les plantes et la géologie, lui montre les alouettes, les chocards à bec jaune, les faucons et les mésanges. Fin connaisseur de ces lieux et de la nature environnante, Marcel capte toute son attention. Cela l'empêche de penser à la fatigue qui s'installe tandis qu'ils continuent de grimper. Même Coralie a ralenti sa cadence verbale, et un doux silence rythme leurs pas réguliers sur le gravier.

Puis, enfin, une maison en pierre apparaît au bout du sentier. Perdu au milieu d'un plateau minéral, perché sur un gros rocher, le refuge offre une vue remarquable sur le massif du Vignemale et le glacier qu'il renferme comme un trésor. Le soir venu, ils prennent leur repas dans la salle commune animée par la présence d'autres randonneurs, majoritairement des locaux dont l'accent aux teintes ensoleillées fait sourire Nina. Elle s'endort d'un sommeil lourd et réparateur et se réveille aux aurores pour sortir boire un café sur la terrasse en contemplant le soleil se lever sur les aiguilles du mont. Toute cette beauté sauvage est à couper le souffle. D'ailleurs, il n'y a pas un bruit, comme si la nature retenait sa respiration en s'inclinant devant l'arrivée du roi soleil. Nina inspire, expire, elle boit une gorgée de son café, elle se sent bien. À sa place.

Marcel la rejoint peu après, une tasse à la main, et ils contemplent en silence l'éveil d'un monde qui n'a pas besoin d'eux pour exister.

– Merci d'avoir organisé ça pour moi, souffle Nina en embrassant le paysage du regard.

– Ce n'est pas grand-chose, je suis guide de montagne à mes heures perdues, répond-il avec un clin d'œil.

– Ah ! Je comprends mieux cette parfaite maîtrise de ton territoire. Qu'est-ce que je te dois alors ?

Marcel fait mine de réfléchir.

– Une visite de ta région en retour ?

– Deal ! approuve Nina avec un sourire.

Sur le chemin du retour, ils achètent à Cauterets quelques tourtes au chocolat chez Gillou, les meilleures de la région selon Coralie, et Nina ne peut qu'approuver en se léchant les doigts jusqu'à la dernière miette.

Lorsqu'elle reprend le train le dimanche soir, elle a l'impression qu'une éclaircie pointe à l'horizon. L'accueil et la simplicité de ces gens l'ont remplie d'une nouvelle énergie. L'image de Nathan s'est estompée légèrement, suffisamment pour laisser entrer un peu d'air dans ses poumons, un peu de couleur dans son cœur. Ses jambes courbaturées ont absorbé toutes les tensions de son visage. Elle s'observe dans le reflet de la vitre, ses traits sont lissés, son nez et ses joues rougis par le soleil.

Oui, elle a pris des couleurs, sur le visage et dans le cœur.

7

Marcel regarde le train s'éloigner du quai avec un sourire rêveur.

Nina n'a pas détonné dans son univers. Il a l'impression qu'il la découvrait telle qu'elle était réellement, sans artifices. La montagne révèle les personnalités, même les plus indomptables. On ne peut que baisser les armes face à tant de grandeur et de majesté, on ne peut que faire preuve d'humilité devant l'insignifiance d'une vie humaine à l'échelle d'une vie rocheuse.

En écho à sa première impression, Nina s'était montrée drôle, spontanée, généreuse, bien que parfois légèrement mélancolique. Il n'a pas demandé pourquoi. Il a aimé la voir s'émerveiller comme une enfant devant une fleur ou un papillon, et piailler d'excitation en plongeant ses pieds dans les eaux glaciales du lac. Il l'a observée par la fenêtre du refuge ce matin tandis qu'elle buvait son café, le regard perdu au loin, ses cheveux raides soulevés par une légère brise. L'attirance physique est toujours là, indiscutable, mais la tendresse qui l'accompagne désormais l'invite à penser qu'elle avait sans doute raison.

L'amour peut être éphémère et compliqué, tandis que l'amitié incarne une sorte d'immuabilité, de simplicité des sentiments. À l'image des deux jours qu'ils venaient de passer. Et lorsqu'elle l'a pris dans ses bras pour le remercier, un peu plus tôt, il a senti qu'il avait accompli sa mission.

Il y repense sur la route entre Toulouse et Tarbes et sourit, aux anges, habité par les images du week-end.

Lorsqu'il entre chez lui, l'ambiance est au conseil de guerre. Debout au milieu du salon, ses parents sont en grande conversation avec Coralie et Corentin. À peine le seuil franchi, les discussions s'arrêtent et les quatre visages se tournent vers lui comme un seul homme.

– Alors, elle a bien eu son train, ta copine ? s'enquiert sa mère, mielleuse.

Marcel l'observe, méfiant, avant de s'installer dans l'un des fauteuils.

– Nickel. Elle vous remercie encore de votre accueil.

– Elle est drôlement jolie en tout cas, ta copine. Et bien élevée de surplus, ajoute-t-elle.

– Tu peux l'appeler Nina, maman. Et ce n'est pas ma « copine », c'est une amie.

– Moi je l'adore en tout cas, elle est super ! renchérit Coralie avec une œillade en direction de Corentin. Pas vrai, Coco, qu'elle est super Nina ?

– Lâchez-le un peu, gronde Corentin en prenant place sur le canapé à côté de Marcel qui lui adresse un regard reconnaissant. Mais bon, c'est vrai que vous allez vraiment bien ensemble, reprend-il en se penchant vers lui.

Marcel se lève, un poil irrité.

– Dans le genre lourdingue… Bon, je vais me doucher et me coucher, je suis fatigué. Ciao la famille.

Certes, il n'avait jusqu'ici jamais ramené de fille à la maison, mais toute cette agitation lui donne l'impression d'être un empoté de l'amour. Les yeux presque humides de sa mère, en particulier, laissant à croire qu'il venait de lui annoncer son mariage imminent, avaient de quoi l'énerver. Il s'était retenu de la houspiller, de lui crier qu'il n'était pas tant que ça à la traîne avec les filles. Quoi qu'ils en pensent. Qu'il avait déjà eu quelques aventures et même des petites amies, mais jamais une qui vaille la peine de faire les présentations, voilà tout. D'ailleurs, Nina ne faisait pas partie de cette catégorie, aurait-il conclu avec fermeté.

Toutefois, il ne fit rien de cette rébellion imaginaire. Fidèle à son tempérament diplomate, il avait simplement posé un baiser furtif sur le front de sa mère et grimpé les marches en colimaçon menant jusqu'à sa chambre, aménagée sous le toit.

Alors qu'il s'apprête à entrer sous la douche, son téléphone vibre sur le bord du lavabo. Marcel enclenche le haut-parleur et la voix de Romain s'élève dans la salle de bains, ignorant les convenances.

– Alors ce week-end avec la femme de tes rêves, vous avez fait l'amour comme des bêtes dans la montagne ?

– Vous vous êtes passé le mot ou quoi ? s'énerve Marcel en haussant le ton pour couvrir le bruit du robinet qu'il vient d'ouvrir, et parce que ces insinuations commencent à l'exaspérer. On n'est pas partis là-dessus !

– Excuse-nous de vouloir ton bonheur, mec. Une fille

canon débarque chez toi à l'improviste, je m'attendais à quelque chose d'un peu plus croustillant.

– Désolé de te décevoir. Je n'ai malheureusement pas ton sex-appeal.

Marcel raccroche hâtivement et se glisse avec délices sous le jet d'eau chaude. Ses pensées retrouvent aussitôt le chemin de Nina, sans qu'aucune frustration vienne les entacher. Au contraire. Bien sûr, son attirance pour elle ne disparaîtra pas du jour au lendemain, et il se troublera encore lorsqu'elle le fixera un peu trop longtemps de ses prunelles mordorées, mais, il sait qu'une fille comme elle serait bien trop précieuse pour ne représenter qu'une cible de séduction. D'autant plus lorsque, comme lui, on n'a pas forcément les armes qu'il faut pour lutter.

Il y a ainsi des gens qui entrent dans votre vie et y occupent immédiatement une place à part entière. Elle n'est pas vraiment définissable ou déterminée à l'avance, mais ces personnes y font leur trou malgré tout, créant un moule qui leur est propre. Jusqu'à ce que leur présence devienne irremplaçable. Marcel en a l'intime conviction : doucement mais sûrement, Nina a commencé à faire son trou.

8

Jour J

Les yeux braqués sur sa future femme, Antoine confirme solennellement les paroles du prêtre.

– Je le veux.

Bien que Nina assiste déjà au troisième mariage de son frère et qu'elle ne croie plus autant au couplet « jusqu'à ce que la mort nous sépare », ce passage ne la laisse pas indifférente. Un regain de romantisme, d'espoir, dans lequel elle s'autorise un peu de candeur. Une larme affleure au coin de son œil qu'elle essuie discrètement avant que Marcel ne s'en aperçoive. Il se moquerait d'elle, cynique comme il peut l'être quant à ces promesses futiles et naïves, selon lui. Il n'a pas toujours eu ce discours. Les années et les relations l'ont endurci, recouvrant ses idéaux d'une carapace de scepticisme.

Les mariés s'embrassent, les gens se lèvent, applaudissent. Les copains d'Antoine sifflent avec leurs doigts et agitent leurs poings en l'air comme s'ils assistaient à un match de foot, ce qui fait rire Nina. Ils ont beau avoir bientôt quarante ans, ce ne sont encore que de grands enfants réjouis à la perspective d'une soirée arrosée d'alcool, de danse, et, pour certains d'entre eux, de drague.

Plus tard, alors que la soirée tient toutes ses promesses et que Nina observe les gens de tout âge se trémousser sur des tubes de Earth, Wind and Fire, son frère vient passer un bras autour de son cou et colle son visage à quelques centimètres du sien. Ses lèvres sont pourpres de vin et son regard tente de se focaliser sur elle sans toutefois y parvenir. Il est bourré comme un coing. Nina, elle, n'a pas bu, comme à son habitude, et elle se sent un peu en décalage avec l'univers parallèle dans lequel les gens soûls émigrent au bout de quelques verres.

– Je vais te dire pourquoi celui-là il va marcher.

Il émet un drôle de hoquet étouffé, puis fait un signe de la main à Laetitia qui se déhanche sur la piste de danse.

– Je vais te le dire moi… Parce que je me suis marié avec ma meilleure amie.

Il s'appuie de plus en plus lourdement sur elle.

– Et c'est tout ce que je te souhaite, petite sœur, conclut-il la bouche pâteuse en lui frottant le sommet du crâne comme quand elle était enfant.

Nina secoue la tête, amusée, en le voyant repartir vers la piste où Marcel est lui aussi en train de danser avec une jeune femme très blonde dont la poitrine compressée dans une robe bustier semble sur le point de jaillir hors de sa gaine. Marcel affiche un petit sourire qu'elle lui connaît bien, les joues rosies par l'alcool. Il est en train de sortir le grand jeu, et, comme à chaque fois qu'elle le voit avec une autre fille, son cœur se serre imperceptiblement.

En fin de soirée, la jolie blonde est repartie de son côté et Nina a reconduit Marcel jusqu'à l'hôtel qu'ils ont réservé à Vence. Celui-ci chante à tue-tête dans la voiture puis à la réception de l'hôtel et elle doit le diriger de force vers sa chambre avant qu'il ne réveille tout l'établissement de ses chants paillards. Elle lui retire ses chaussures tandis qu'il s'accroche à elle en divaguant. Nina s'efforce de ne pas rire afin de ne pas l'encourager. Il finit par laisser tomber sa tête sur l'oreiller et elle s'apprête à quitter la pièce lorsqu'elle l'entend grogner. Elle se rapproche, il a les yeux fermés et tente désespérément de formuler une question. Sa voix est comme engluée dans du papier tue-mouches.

– Pourquoi… Pourquoi tu n'as jamais… voulu de moi ?

Nina lève les sourcils, prise de court. Elle sait qu'il a tendance à dire tout ce qu'il pense lorsqu'il a bu, mais jamais encore il n'avait évoqué ce sujet.

– C'est même pas vr…, commence-t-elle, mais quand elle le regarde à nouveau, sa tête a roulé sur le côté, la bouche grande ouverte.

Il s'est endormi.

9

Sept ans plus tôt…

Marcel pousse la porte de la devanture bleu et blanc.

– Bonjour, Martine, comment allez-vous ce matin ?

La boulangère l'accueille avec un grand sourire.

– Marcel ! Très bien et vous-même ? Vous avez bientôt une compétition ?

– Le mois prochain normalement, je vous dirai ça.

– Bien, parfait, Gustave sera content d'aller vous encourager.

Gustave, le boulanger et mari de Martine, est un féru d'échecs. Il a découvert ça la première fois qu'il a osé lui faire la conversation, juste après son installation à Poissy. Depuis, le couple de commerçants l'a adopté, et il repart toujours de la boulangerie avec une baguette ou un pain aux olives gratuit.

– Deux chocolatines et deux croissants, comme d'habitude ? lui lance Martine avec un clin d'œil appuyé.

Marcel sourit de bon cœur.

– Ce sera quatre et quatre ce matin ! Nous avons des invitées.

Il remonte à l'appartement, guilleret, ses sacs en papier tout chaud exhalant une délicieuse odeur de sucre et de beurre dans la main. Dans la cuisine, Romain, Nina et Sylvia sont attablés devant des bols de café fumants et cette vision lui procure une onde de bonheur qui se diffuse jusque dans le bout de ses doigts.

Lorsqu'il a cherché un stage de fin d'études, Marcel a songé un court instant à partir à l'étranger. Découvrir un autre pays, une culture différente, perfectionner son anglais médiocre, rencontrer des gens d'horizons variés. Londres, Montréal, Melbourne, Berlin, autant de destinations de carte postale dont il voulait estampiller sa mémoire. L'idée était alléchante, mais pas autant que la perspective de vivre quelque temps avec Romain et d'expérimenter la vie intense de la capitale. Paris l'indomptable, Paris la suffisante, mais finalement, la plus belle ville de toutes. À condition d'apprécier le genre minéral. Quoi qu'il en soit, il n'allait certainement pas rester terré dans son village indéfiniment, à l'image de ses parents. Il avait des choses à se prouver mais ne souhaitait pas partir trop loin d'eux pour autant. Le cordon n'était pas si facile que ça à couper. Fils unique né sur le tard, tel un cadeau de la nature que ses parents n'attendaient plus, Marcel avait été choyé et couvert d'amour. Il savait que son départ inévitable déclencherait un mini-cataclysme dans le cocon de vie qu'ils s'étaient créé tous les trois. Oui, Paris était une bonne option. Et puis, à Paris, il y avait aussi Nina, peut-être, dans un coin de sa tête. Un tout petit coin alors…

Une start-up de logiciels informatiques, ravie d'embaucher un stagiaire à bas coût pour faire le sale boulot, avait accepté sa candidature en moins de vingt-quatre heures. Une semaine de plus pour boucler ses valises, préparer ses parents à son départ, prévenir son club d'échecs et, début février, il avait débarqué chez un Romain transporté, à sa manière, à l'idée d'une colocation avec lui.

– Fais comme chez toi, vieux frère, l'avait-il accueilli en ouvrant les bras sur l'espace salon qui serait désormais le sien.

Puis, soudain sérieux, il avait pointé un index menaçant en direction de Marcel.

– Mais pas trop quand même. Je te connais, je veux pas que ce soit le boxon ici.

Cela faisait déjà quatre mois. Quatre mois qui avaient filé en un clin d'œil. L'adaptation n'avait pas été de tout repos, loin de là. Les transports en commun bondés, la rude fin de l'hiver, le manque d'humanité d'une population grouillante et pressée, la cadence infernale imposée par son patron... Parfois mélancolique, il avait eu le mal du pays, s'était senti seul, dépassé, exploité sans vergogne. Désespéré à tel point qu'il avait même accepté un joint, un soir, lorsque Romain lui avait tendu le petit cône depuis le canapé, un sourire stone sur les lèvres. Mais en l'approchant de sa bouche dans le fol espoir d'un apaisement imminent, Marcel s'était ressaisi à temps et l'avait écrasé avec rage dans le cendrier du salon. S'anesthésier le cerveau n'était pas la solution.

Il était venu à Paris pour se challenger, c'était chose faite. À lui de s'accrocher, bec et ongles, et d'accepter de sortir de sa zone de confort. Alors il s'était adapté, et affirmé. Il avait grandi, à force de résilience. En quatre mois, il était devenu un homme.

Le quotidien avec Romain comportait également son lot de difficultés imprévues. Victime de sautes d'humeur impressionnantes, ce dernier était devenu complètement lunatique. Gai comme un pinson puis désagréable comme un ours mal léché, il passait de l'un à l'autre, sans transition. Pile ou face, selon ce qu'il absorbait, et quand il l'absorbait.

– C'est bien, ça me prépare, j'ai l'impression de vivre avec une nana ! ironisait Marcel pour désamorcer ses bougonnements ou un manque d'entrain occasionnel.

L'échéance de sa dernière année de master approchant, Romain comblait son stress et décuplait sa productivité à coups de substances. Mais les drogues douces ne lui suffisaient plus. Un jour, en passant l'aspirateur sous le lit de son colocataire, quelque chose était venu se coller à l'embout avec un bruit de succion. En découvrant le petit sachet de poudre blanche, Marcel était resté interdit pendant plusieurs secondes, tenant le paquet transparent à bout de bras comme s'il pouvait le contaminer. Puis il avait entendu Romain sortir de la salle de bains et l'avait remis discrètement à sa place, le cœur tambourinant dans sa poitrine.

Depuis, Marcel tente des approches en douceur, sans pour autant aller au bout de son raisonnement. Il a l'impression de s'insinuer dans la sphère intime de son ami et cela ne lui plaît pas. Après tout, à part son inconstance, leur cohabitation se passe bien, et Romain est assez grand pour savoir ce qu'il fait, alors pourquoi compliquer les choses ?

Après avoir mis Nina au courant de son installation parisienne, cette dernière s'était progressivement intégrée dans la vie de Marcel et de Romain, avec un naturel déconcertant. À l'occasion, elle embarquait avec elle Sylvia, une Camerounaise à l'énergie communicative et dont le débit de paroles pouvait rivaliser avec celui de sa cousine Coralie. Comme ce matin où ils se retrouvent autour d'un brunch dominical. Aucun risque qu'un ange vienne s'immiscer dans leurs discussions, Sylvia est là pour le prendre par les ailes et lui tordre le cou. Marcel la soupçonne de s'être entichée de Romain, avec son côté *bad boy*, et d'en rajouter un peu en sa présence, mais ce dernier s'en soucie comme d'une guigne. Il apprécie Sylvia, sans plus. Marcel ne lui connaît pas beaucoup d'histoires. Romain ne ramène jamais de filles à la maison – du moins pas à sa connaissance – et parle peu de ses fréquentations à la fac. De plus en plus, il cultive ce côté énigmatique qui déstabilise parfois Marcel. Un voile de pudeur dans lequel il a enveloppé ses émotions et qui semble s'épaissir à mesure que le temps passe.

Sans que Marcel se l'explique, cet air sombre et mystérieux, presque inaccessible – tout ce que Marcel n'est pas –, fait tomber les filles comme des mouches. Ah, il saurait quoi en faire, lui, d'un pouvoir de séduction pareil, plutôt que de sortir les rames comme un pirate de pacotille.

Nina, quant à elle, a récemment rencontré quelqu'un à son école d'art. Un certain Grégoire, grand gaillard breton du même acabit que Nathan, à en juger le fond d'écran de son portable. Avec ses longs cheveux blonds qui lui tombent sur les épaules, il ressemble davantage à un surfeur australien qu'à un ingénieur rennais. Pourtant, Marcel n'en a pas été affecté. Ou si peu. Elle a l'air heureuse, épanouie, et cela ne l'empêche pas de passer du temps avec eux, pas comme ces filles tellement absorbées par leur jules qu'elles en oublieraient tout le reste. Nina, elle, n'est jamais très loin, gravitant autour d'eux sans jamais s'imposer, demandeuse de leur compagnie, leur amitié. Et même si Romain prétend ne pas croire à l'amitié fille-garçon, Nina ne serait pas loin de le faire changer d'avis. Une amitié triangulaire qui avait inspiré un surnom à Sylvia, les rebaptisant respectivement Harry, Ron et Hermione, le trio inséparable de la saga *Harry Potter*.

À l'évocation de son nouveau surnom, Marcel s'insurge une fois de plus d'être le « rouquin sans dégaine » de la bande.

– En même temps, avec ta barbe à moitié rousse, on s'en rapproche dangereusement, le taquine Nina en louchant sur sa pilosité faciale.

Il se prépare à une réplique cinglante quand Romain intervient :

– N'oubliez pas qu'à la fin, Hermione et Ron finissent ensemble…, dit-il nonchalamment en tournant une page du magazine qu'il est en train de feuilleter.

Les concernés ricanent avant de replonger leur nez dans leur bol de café.

Après quelques secondes, Nina fait diversion :

– Au fait les amis, j'ai une proposition à vous faire. Que diriez-vous de venir passer le week-end chez moi pour mon anniversaire ?

Sans avoir besoin de se concerter, les trois têtes acquiescent avec ferveur.

– Tu ne devais pas présenter Greg à tes parents ? questionne Sylvia.

– Si, mais il doit rester à Paris pour travailler finalement…

Elle boit une autre gorgée de café et leur adresse un demi-sourire espiègle.

– C'est pas grave, à la place, je vais leur présenter une belle bande de dégénérés.

*

Nina et Sylvia marchent devant lui en se tenant par le bras. Elles portent toutes deux des robes légères qui flottent sur leurs hanches au rythme de leurs pas. Synchronisées, elles soulèvent leurs cheveux pour laisser passer un peu d'air tiède sur leurs nuques, se font des messes basses puis rient à gorge déployée, et Marcel se demande ce que peuvent bien se dire les filles entre elles. Son regard erre au-dessus des platanes feuillus, le mystère abyssal du sexe opposé le laissant une fois de plus pensif.

À l'instar de Paris et de son exode estival depuis le début des grandes vacances, Aix-en-Provence s'est également vidée d'une bonne partie de sa population. La ville aux mille fontaines a vu ses étudiants rentrer chez eux et ses habitants mettre les voiles vers des destinations plus exotiques. Le cours Mirabeau et les ruelles pavées, témoins le reste de l'année des allées et venues incessantes d'une dense fourmilière, se trouvent plongés dans une quiétude passagère, où seuls quelques touristes et locaux profitent du calme, attablés en terrasse des restaurants installés le long des rues.

De la musique jaillit néanmoins d'un peu partout, flottant dans la quiétude des rues désemplies, faisant danser les enfants sur les pavés aussi librement que dans une fête de village. Au détour d'une ruelle, Sylvia empoigne la main de Romain et l'engage à esquisser un pas de danse. Ses déhanchements ont finalement raison des réticences de Romain qui concède quelques mouvements d'un rock approximatif, sous les regards entendus de Nina et Marcel.

L'atmosphère paisible exhale l'euphorie des vacances tout juste entamées et des chaudes soirées d'été, ainsi que l'odeur des pastis aux glaçons que Romain et Marcel boivent comme du petit-lait.

Les journées, brûlantes depuis quelques semaines, s'écoulent sur les plages et dans les criques environnantes. C'est d'ailleurs sur la calanque d'En-Vau que Nina a jeté son dévolu ce samedi après-midi. Elle veut les épater. Le chemin pour y accéder grimpe au milieu de la garrigue odorante, et bien qu'il ne soit que peu ardu, Sylvia, essoufflée, est à la traîne. Arrivée aux abords de la calanque, elle se trouve récompensée de ses efforts et reste émerveillée devant les falaises abruptes qui protègent comme des sentinelles le bassin d'un bleu aux milles nuances. Elle se retourne vers Nina qui sourit devant son air ébahi.

– Y a pas à dire, ta région, c'est de la bombe ! déclare-t-elle, mains sur les hanches, le visage ruisselant de sueur.

Un constat confirmé silencieusement par Marcel qui admire le paysage, impressionné.

– À mon tour de t'en mettre plein la vue, dit Nina en lui donnant un petit coup de coude.

Cet après-midi-là, ils jouent, s'éclaboussent, chahutent comme des enfants dans les rochers et les eaux étonnamment fraîches de la crique. Ils tombent leurs masques de jeunes adultes et retrouvent une insouciance immature et bienfaisante. Même Romain baisse sa garde et rit aux éclats à plusieurs reprises, un son que Nina n'avait quasiment jamais entendu. Du coin de l'œil, elle observe les deux garçons en maillot de bain. Le corps blanc et mince de Marcel contraste avec le gabarit trapu et la peau mate de Romain. Celui-ci est plutôt séduisant, Sylvia n'a pas tort. D'ailleurs, les quelques filles allongées sur les galets ne s'y trompent pas non plus. Nina, elle, dévie son regard. Elle a toujours préféré les grands échalas.

La veille, comme promis, Sylvia, Marcel et Romain ont rencontré Christine et Gérard, les parents de Nina. Ces derniers habitent à Venelles, en périphérie d'Aix-en-Provence, dans une petite maison provençale envahie de livres. Il y en a partout. Dans l'immense bibliothèque du salon qui mange la moitié de l'espace, dans la cuisine, dans les chambres, sur le canapé, dans les toilettes. Pas une pièce, pas un mètre carré n'en est dépourvu.

Le père de Nina est pharmacien, il porte des bretelles sur sa chemise à carreaux et une moustache à l'anglaise qu'il ne cesse de triturer lorsqu'il parle. Sa mère est une femme blonde et menue aux yeux marron rieurs, semblables à ceux de Nina. Elle est romancière, et la fenêtre de son bureau donne sur le jardin et les bougainvilliers en pleine éclosion. D'où la présence de la fleur mauve sur la couverture de son dernier livre qui, accessoirement, s'est vendu à plus de cent mille exemplaires.

– Mais attends… Christine Boisset, c'est ta mère ? s'étonne Sylvia en installant ses affaires dans la chambre de Nina au premier étage. Pourquoi tu ne m'en as jamais parlé ? C'est une star !

Nina hausse les épaules, préférant ne pas s'étendre sur le sujet. Depuis que sa mère a quitté son métier de fonctionnaire pour se lancer sans filet dans l'écriture, tout lui sourit. Et bien qu'elle ne veuille pas se l'avouer ni même comprendre pourquoi, cette réussite audacieuse éveille en elle un brin d'agacement.

Nina fête ses vingt-trois ans dans le bar à tapas où son frère l'emmenait quand elle était adolescente et où il rejoignait ses copains pour déguster bières et *croquetas*, imposant sa petite sœur dans leurs soirées de grands. Antoine lui manque ce soir. Il lui manque souvent. Malheureusement, depuis qu'il est marié à cette mégère d'Alice et qu'il a déménagé sur la Côte d'Azur, ces moments de connivence sont devenus une denrée rare, et leurs souvenirs laissent à Nina un goût aigre-doux d'inachevé.

Quelques-uns de ses anciens amis se sont également joints à eux pour l'occasion. Elle se réjouit de les revoir mais mesure la distance créée par son exil parisien. Qu'importe, ils dansent, chantent, boivent en son honneur. Nina est heureuse, un bonheur total et extatique, malgré l'absence de Grégoire. Sylvia lui a servi quelques cocktails sucrés prétendument sans alcool, mais au bout de seulement trois verres, elle n'arrive plus à marcher droit et se révolte mollement, en proie à un rire aussi bête qu'incontrôlable.

Romain, morne en début de soirée, s'est absenté dans les toilettes et en revient transformé. Il s'empare du micro de karaoké posé sur le comptoir et se lance dans une improvisation a cappella d'une chanson de Gloria Gaynor, *I Will Survive*. Mais alors que le public ovationne la représentation de Romain, Marcel, irrité, décide de sortir prendre l'air.

Tandis qu'il pousse la lourde porte d'entrée, il distingue par l'entrebâillement les voix de Nina et Sylvia qui discutent et gloussent sur la terrasse. Il hésite puis tend l'oreille, toujours à couvert.

– Mélanie, peut-être…, dit Nina d'une voix légèrement éraillée.

– Ta pote d'enfance, là ? Mais il a aucune chance ! s'exclame Sylvia. Elle est bien trop jolie pour lui.

Elle fait une pause, semble réfléchir.

– La petite boulotte à la limite.

– Claudia ?

– Ouais, Claudia, et même avec elle, c'est pas gagné, ricane Sylvia. Non mais franchement, il porte bien son surnom. Et encore, le vrai Ron c'est un canon à côté de lui.

Quand il comprend qu'elles parlent de lui, Marcel se glace, mortifié. Voilà donc ce qu'il leur inspire : du dégoût, du mépris. De la méchanceté gratuite, dans cette ignoble concertation pour définir avec qui elles pourraient caser le boulet qu'il représente à leurs yeux.

Figé derrière la porte du bar, il craint soudain d'être découvert, ce qui serait à cet instant précis la pire des humiliations. Il pourrait certes toujours s'en sortir avec une pirouette humoristique, comme il en a l'habitude, mais la fatigue brutale qui s'abat sur lui le fait douter de sa capacité à sauver la face devant celles qui viennent de le trahir.

Les jambes cotonneuses, la gorge nouée, il s'apprête à reculer doucement pour refermer la porte lorsque la voix de Nina reprend timidement.

– Tu es dure quand même… Il a un certain charme Marcel, je trouve. Un petit je-ne-sais-quoi. Et tu sais ce qu'on dit : « Le charme est ce qui subjugue, plutôt que ce qui plaît. »

Sylvia pouffe d'un rire sarcastique puis comprend que Nina est sérieuse.

– Ben alors, il y avait quoi dans ton cocktail ? dit-elle en faisant mine de regarder au fond du verre de Nina.

Mais celle-ci garde le silence, soudain songeuse. Elle redoute le jugement de son amie. C'est surtout dedans qu'il est le plus beau, pense-t-elle tout bas.

De toute façon, Marcel n'entend plus les railleries cassantes de Sylvia. Il s'est détourné avec un léger sourire. Nina lui trouve « un certain charme », se répète-t-il comme pour s'en persuader, un petit « je-ne-sais-quoi », d'après elle, et dans les vapeurs d'alcool où baignait son esprit meurtri quelques instants avant, il a tout à coup l'impression d'être le roi du monde.

Le lendemain, après de maigres heures de sommeil, Marcel est réveillé tôt par les oiseaux et leurs douces vocalises matinales. Il tend l'oreille et distingue, entre autres, le sifflement d'un merle et le roucoulement d'une tourterelle. Pas un bruit de moteur, de passant ou d'une quelconque agitation urbaine, juste le chant des oiseaux qui se donnent la réplique à tue-tête.

Il descend à pas de loup dans la cuisine, toute la maison dort encore, même Rocky, installé dans son panier près du canapé. Marcel ouvre doucement la baie vitrée et s'installe à la table du jardin afin de mieux écouter la nature s'éveiller avec lui. Il ne sait pas combien de temps il reste là, les yeux fermés, à s'imprégner des sons et des odeurs de cette chaude matinée d'été, mais lorsqu'il rouvre les yeux, Nina est plantée devant lui, l'air mécontent. Elle tient une baguette de pain dans une main, dans l'autre un journal froissé qu'elle ouvre brutalement sur la table. Dans une rubrique en bas de page, Nathan apparaît en photo en compagnie d'un autre jeune homme. Elle lit le titre de l'article à voix haute, furieuse :

– « Les espoirs olympiques de l'athlétisme français ».

– Et alors ? s'étonne Marcel en parcourant l'article.

– Alors rien ! En plus d'avoir été quittée, je vais devoir me le coltiner dans les journaux et à la télé.

Elle s'assoit lourdement et mord dans la baguette.

– Il est allé au bout de son rêve, lui, quitte à tout écraser sur son passage…, déclare-t-elle, la bouche pleine.

– Tu n'es pas mieux avec Grégoire ?

– Si, bien sûr… C'est juste mon ego qui souffre, avoue-t-elle en s'emparant du journal pour le replier.

– L'ego ne mène à rien, ma chère, dit Marcel. Regarde, si j'avais écouté mon ego après le vent monumental que tu m'as mis, on ne serait pas là aujourd'hui. On ne serait pas amis.

Il se renverse sur sa chaise, bras croisés, et la regarde d'un air narquois. Nina lui envoie une boulette de pain en tirant la langue. Pourtant, c'est bien l'une des choses les plus sensées qu'elle l'ait jamais entendu dire.

De retour à la gare de Lyon, Grégoire les attend au bout du quai, en bermuda et avec un débardeur qui fait ressortir ses biceps saillants et bronzés. Après de brèves présentations, Nina les prend tous les trois dans ses bras et les serre contre elle. Ses cheveux chatouillent le nez de Marcel, mais il ne bouge pas. Il veut absorber toute l'énergie de cette étreinte aux allures fraternelles.

– Merci. Je n'aurais pas pu rêver d'un plus bel anniversaire, leur souffle-t-elle.

Marcel la regarde s'éloigner le pas léger au bras de son surfeur breton, et ressent une pointe d'envie. Celle de connaître cette même alchimie avec quelqu'un, cette complicité amoureuse qu'il n'a encore jamais expérimentée, et pour laquelle il ne semble pas être destiné.

Lui aussi veut appartenir à quelqu'un.

10

Son vieux a un mois de retard.

Romain vient de raccrocher avec Mme Sestini, sa banquière, qui l'a informé sèchement de son découvert. Le vieux ne s'est jamais occupé de lui, mais il a au moins la décence de lui verser mensuellement un peu d'argent sur son compte. Pas grand-chose, un grain de sel extrait de son salaire de P-DG, mais suffisant pour soulager sa conscience de père et subvenir aux extras de son fils : l'herbe, le haschich, les amphètes, et occasionnellement des trucs un peu plus hardcore qui le font décoller plus sûrement qu'Ariane 5 du territoire guyanais.

Sans le savoir, son père finance ses consommations illicites, ce qui lui inspire un rire cynique, quand il y pense. Son paternel ne jure que par son mode de vie sain, dépourvu d'alcool, de cigarettes, d'aliments gras. Dépourvu d'amour, aussi. On ne sait jamais, cela aurait pu faire grossir son cœur, sec comme un coup de trique.

Tout l'argent de poche de Romain y passe. C'est qu'il est devenu un gros consommateur au fil des années. Il ne vend plus maintenant, il n'a plus envie de faire le sale boulot. Mais il consomme, beaucoup, de tout, et depuis bien longtemps. Depuis cet après-midi de printemps où son copain Fabien avait partagé son joint avec lui dans le gymnase du collège comme un calumet de la paix. Il n'était qu'en 4e, mais il avait tout de suite aimé ça. Il n'avait pas hésité avant de tirer sur le mégot, avant d'avaler goulûment la fumée, laissant son esprit s'embrumer délicieusement jusqu'à perdre la notion de la réalité, jusqu'à voir les paniers de basket du gymnase effectuer un trois cent soixante degrés. Il n'avait pas toussé, larmoyé, ni même parlé. Il semblait avoir fait ça toute sa vie, sous les yeux admiratifs de Fabien.

La beuh et le droit sont les deux seules choses qui lui donnent envie de se lever le matin.

Il passe une main dans ses cheveux hirsutes, agacé à l'idée de devoir se serrer la ceinture dans les semaines à venir. Plutôt crever que de relancer le vieux.

Romain jette un coup d'œil à sa montre et jure tout haut. Il finit de s'habiller à la hâte, troque son tee-shirt sans forme pour une chemise à manches courtes, effort titanesque pour ne pas paraître trop négligé, puis claque la porte de l'appartement et court jusqu'à la station de RER. Il débarque devant la fac en haletant, mais prend soin de reprendre sa respiration avant d'entrer dans l'amphithéâtre. Son allure de mec nonchalant sur qui la pression n'a aucune emprise doit être savamment entretenue. Son jeu d'acteur est un bouclier social, alors il n'hésite pas à forcer le trait, s'il le faut.

Les étudiants qui constituent son public du jour sont en train de prendre place tandis que le professeur, un vieil homme dégarni du nom de Jean-François Rouvel, connu pour son irritabilité et ses commentaires acerbes, l'appelle sur l'estrade à peine ses yeux posés sur lui. C'est Rouvel qui l'accompagnera au concours de plaidoiries, dans une semaine, lui aussi qui a eu l'idée de cette mise en situation plus vraie que nature, afin de peaufiner la pratique orale et gestuelle de ses étudiants.

Romain s'avance, serein, tenant une double page sur laquelle quelques mots-clés griffonnés à la main lui permettront de dérouler le fil de sa pensée. Il n'a pas besoin de plus, il mise sur l'improvisation, sur la spontanéité. La vérité, c'est qu'il a un trac phénoménal, mais également un atout que bien d'autres élèves de sa promotion n'ont pas : la confiance. Il sait pourquoi il a été choisi par la fac de Malakoff pour les représenter à la Sorbonne. Sûr de sa force, il ne panique pas lorsqu'il se tient devant les dizaines d'yeux braqués sur lui et que Rouvel lance d'une voix impatiente :

– Quand vous voulez, monsieur Garcia. Nous n'allons pas y passer la nuit. À moins que vous ne parveniez plus à vous relire ?

Il s'en doutait, M. Dégarni n'aime pas les petits merdeux dans son genre. Dès qu'il en a l'occasion, il tente de mettre Romain en difficulté. Il est vrai qu'il s'est à peine préparé pour aujourd'hui, mais il croit en ses qualités d'orateur, ses connaissances juridiques et sa capacité d'adaptation. Ainsi qu'en son goût prononcé pour clouer le bec de Rouvel.

Pendant une vingtaine de minutes, Romain déroule son argumentation d'une voix forte et maîtrisée. Il joue avec les ponctuations, la respiration et le rythme tel un chef d'orchestre, jalonnant sa narration de quelques traits d'humour bien sentis qui parviennent à faire rire son auditoire et à arracher un rictus au professeur blasé. L'amphithéâtre entier, captivé, a le regard tourné vers lui, et des frissons de satisfaction ne tardent pas à parcourir son échine. Il se trouve dans un espace-temps où plus rien ne peut l'atteindre, où il a l'impression d'avoir le monde à ses pieds, suspendu à ses lèvres. À l'issue de son exposé, un silence médusé s'installe un instant, avant qu'une salve d'applaudissements ne résonne finalement comme un seul homme. Le milieu a beau être sans merci, et la lutte pour se démarquer acharnée, il descend de l'estrade sous l'ovation de ses camarades, aussi flegmatique qu'il y est monté, non sans se permettre au passage un coup d'œil hautain en direction du pupitre de Rouvel, où celui-ci se tient les mains jointes et le regard impénétrable.

Tandis qu'il se dirige vers les portes battantes de l'amphithéâtre avec un demi-sourire triomphant, Romain se fait interpeller par ce dernier :

– Monsieur Garcia.

Il fait machine arrière et s'arrête à côté du pupitre. Le professeur écrit quelque chose sur son agenda tout en lui adressant la parole, et le regard de Romain s'arrête sur la surface lisse de son crâne, où deux touffes de cheveux tentent encore de survivre de chaque côté.

– Vous avez quelque chose, monsieur Garcia, c'est indéniable, avoue Rouvel presque à contrecœur. Prenez garde, toutefois, à protéger cette aptitude qui vous fait sentir si vivant.

Il relève la tête vers lui, Romain est déjà prêt à encaisser un retour de manivelle, comme Rouvel en a l'usage.

Pourtant, il ne rencontre qu'un regard grave, dépourvu de jugement.

– Prenez garde à faire les bons choix. Le métier d'avocat, surtout en droit pénal, est un vrai don de soi, de son temps, de sa personne. Si vous voulez y arriver, cette vocation devra par conséquent toujours passer en priorité, avant tout. (Il fait une pause, sans ciller d'un millimètre.) Absolument tout.

Les deux hommes se jaugent un instant, puis Rouvel lui fait signe de déguerpir.

À la fin des cours, Romain sort dans l'air frisquet d'une fin de journée automnale. Il visualise sa prestation un peu plus tôt sur l'estrade. L'adrénaline qui parcourait ses veines comme un cheval fou, et cette impression d'être à sa place à expliquer, plaider, prouver, convaincre et envoûter.

Il n'a aucun doute sur ses chances de l'emporter au concours. Il sait qu'il est fait pour ça, il le sent jusqu'au plus profond de ses tripes, savourant à l'avance une victoire potentielle devant les yeux des juges, de Rouvel, et d'un public conquis.

Romain s'assoit sur un muret à distance de la faculté, sort une feuille à rouler et son sachet d'herbe. Tout en fumant, il mesure pour la première fois l'incompatibilité des deux passions de sa vie, aussi clairement que s'il avait passé sa main sur un miroir recouvert de buée, révélant une réalité irrévocable. Son pouls s'accélère alors que les mots de Rouvel gonflent comme une éponge imbibée de doutes à l'intérieur de sa boîte crânienne. Ses tempes battent la chamade, et la fumée qui s'insinue dans ses alvéoles pulmonaires a soudain un arrière-goût âcre. Il n'est pas prêt à renoncer, ni à l'un ni à l'autre. L'équilibre fragile de son existence repose uniquement sur ses deux piliers antagonistes.

Romain laisse mollement tomber son mégot sur le trottoir avant de l'écraser du bout de sa semelle.

Drogue ou droit, il devra pourtant faire un choix, et vite.

11

Jour J + 1

Marcel se réveille avec la bouche pâteuse et un mal de crâne carabiné. Il regarde autour de lui et pendant un instant, il ne reconnaît pas la chambre aux murs jaune poussin dans laquelle il se trouve. Puis le voile se lève, les souvenirs, ou ce qu'il en reste, émergent doucement dans son cerveau ankylosé. Les images un peu floues d'une soirée de danse et de rires s'imposent et il sourit tout seul en reposant la tête sur l'oreiller. Il est encore tout habillé – comment est-il rentré ? –, sa mémoire lui fait défaut au moment où la jeune femme blonde est partie et où il s'est resservi une coupe de champagne pour noyer sa déception. Le fameux verre de trop. Il croyait pourtant avoir une touche avec Mathilde, décidément il se rend compte qu'il est souvent à côté de la plaque avec les filles.

Il se frotte le visage. Une chose est sûre, il récupère nettement moins bien de ses excès depuis qu'il a passé la trentaine.

Sur son téléphone, un message de Nina :

Rdv à 10h en bas pour le brunch chez mon frère.
Puis un deuxième, à quelques minutes d'intervalle :
Je t'ai mis de l'aspirine sur ta table de nuit ;) Ne sois pas en retard !

Une fois n'est pas coutume, Nina l'attend, ponctuelle, à la réception de l'hôtel. Elle a revêtu une robe longue à fleurs et un large chapeau tressé.

– Sympa, ton chapeau de paille, Laura Ingalls, dit-il en descendant les marches.

– C'est un canotier, idiot.

Il l'embrasse sur la joue.

– Tu peux aussi retenir le compliment, tu sais.

Elle lui sourit mais Marcel remarque qu'elle le regarde d'une drôle de manière.

– Qu'est-ce qu'il y a ? Ça se voit que j'ai pas les yeux en face des trous, c'est ça ?

Nina secoue la tête et s'engage vers la sortie. Marcel la suit après avoir jeté un regard au miroir du hall. Mis à part la marque de l'oreiller incrustée sur sa joue, il trouve qu'il ne s'en sort pas si mal.

Antoine et Laetitia habitent une vieille bastide sur les hauteurs de Saint-Paul. Marcel adore cette maison aux pierres apparentes, le lierre grimpant le long de ses murs, et son jardin, aux allures de forêt tropicale, dans lequel Laetitia a installé deux grandes tables pour le brunch familial. Marcel constate qu'il n'est pas le seul à payer les excès de la veille. Antoine les accueille affublé de lunettes de soleil qui attisent le rire moqueur de Nina. Les quelques invités arrivent au compte-gouttes, uniquement des membres des deux familles. Lorsque Marcel aperçoit

Mathilde se rapprocher de la table, il ne peut cacher son étonnement. Mathilde n'est autre que la cousine de Laetitia. Elle s'assoit en face de lui et le gratifie d'un sourire. Il n'est pas encore hors concours.

Son téléphone émet une brève sonnerie, il se détache à regret du visage de Mathilde pour consulter le message :

Alors t'as conclu ?

La question est une réponse au selfie envoyé à Romain la veille qui le montre en compagnie de Mathilde, quasi joue contre joue. Ça aussi, il l'avait oublié.

Il baisse son téléphone sous la table, à l'abri des regards :

Affaire en cours…

12

Six ans plus tôt…

– Allô ?

Son téléphone a sonné alors qu'il s'apprêtait à s'engouffrer dans la bouche du métro.

– Marcel Dubourg ? demande une voix féminine qu'il ne connaît pas.

– Oui, c'est moi.

– Bonjour, commissariat des Yvelines. Nous avons trouvé votre numéro dans les papiers de M. Garcia.

Marcel crispe la main sur son téléphone.

– Que se passe-t-il ?

– M. Garcia a eu un accident de voiture, causant de graves blessures à la conductrice qu'il a percutée de plein fouet. La jeune femme a été transférée à l'hôpital, son pronostic vital est engagé.

– Mon Dieu…, souffle Marcel. Et Romain ? Comment va Romain ?

La policière hésite quelques secondes, assez pour que la peur l'enserre soudain dans un puissant étau. Il peut presque la sentir se répandre dans ses veines, gluante et vénéneuse.

– Il va bien, monsieur Dubourg, seulement quelques égratignures.

Marcel encaisse l'information, un instant rassuré, mais il pressent que l'agent ne lui a pas tout dit.

– Il est en cellule, reprend-elle. Au moment de l'accident, M. Garcia a intentionnellement foncé dans la voiture de la victime, sans raison apparente. (Elle fait une pause, préparant le terrain pour ce qui suit.) L'analyse toxicologique nous a rapidement éclairés sur ses agissements. Il était sous l'emprise de stupéfiants.

Marcel s'assoit sur une marche, le cœur battant à tout rompre. Et merde.

*

Nina observe le profil de Romain se découper sur l'horizon. Les yeux rivés au sol et le corps penché en avant, il est insensible à la beauté de la courte croisière qui relie Cannes à la petite île Saint-Honorat. Marcel est accoudé à la rambarde du bateau, le regard perdu au loin, les traits durcis par la fatigue. Il s'est laissé pousser la barbe et ce petit côté baroudeur lui va bien.

Elle se détourne pour observer les côtes cannoises s'éloigner doucement, la Croisette à sa droite, le massif de l'Esterel à sa gauche, baigné par la lumière du soleil levant. Bientôt, ils seraient reconnectés à l'essentiel dans leur havre insulaire, à seulement quelques kilomètres de la civilisation.

L'idée était venue d'elle, après les semaines chaotiques

qui avaient suivi l'arrestation de Romain. Une période éprouvante, notamment pour Marcel qui avait soutenu son ami à bout de bras. Les visites à la prison, l'attente du jugement, le procès, la détresse de Romain, son état de manque accentuant sa névrose. Après une semaine de coma, la conductrice avait survécu, et Romain avait écopé d'une peine avec sursis, d'une amende et de travaux d'intérêt général. Les condamnations portées à son casier judiciaire ayant anéanti tout espoir d'exercer le métier d'avocat, il n'était plus que l'ombre de lui-même. Dépassé par les événements, Marcel avait tenté à maintes reprises de joindre le père de Romain, mais ce dernier était, comme à son habitude, resté indifférent au sort de son fils, obligeant Marcel et Nina à prendre les choses en main, coûte que coûte. « On récolte ce que l'on sème », lui avait-il répondu avec froideur dans le combiné du téléphone. Marcel en était resté coi, et entretenait désormais une haine irréversible pour cet homme, ce lâche.

La possibilité d'envoyer Romain dans un établissement pour traiter son addiction avait logiquement été évoquée, et même fortement recommandée, par les autorités. C'était compter sans la réaction de Romain à l'annonce d'une cure de désintoxication. Marcel y était pourtant allé avec des pincettes, mais à peine les mots étaient-ils sortis de sa bouche que Romain s'était littéralement jeté sur lui. « Ne me fais pas aller là-bas, je ne veux pas être enfermé comme un dingue, je vais me foutre en l'air ! » Nina ne l'avait jamais vu comme cela. Les yeux exorbités et la voix proche de l'hystérie, il semblait délirer. En le regardant empoigner Marcel par le col de son blouson, elle avait hésité à intervenir, mais le regard fou de Romain l'en avaient dissuadée. « Promets-le-moi ! » avait-il hurlé au visage de Marcel, qui, doté d'un sang-froid qu'elle ne lui connaissait pas, avait attrapé Romain par les épaules pour le plaquer contre lui. Trop épuisé pour résister, ce dernier s'était affaissé contre son torse comme une poupée de chiffon. Marcel l'avait entouré de ses bras. « Calme-toi… Tu as ma parole, mon frère. »

Cette idée de retraite avait alors germé dans l'esprit de Nina. Un projet qu'ils avaient ébauché avec son frère, pour finalement le reléguer au rang d'intention indéfiniment en suspens, rejoignant la longue liste des « Si on avait plus de temps… ». Malheureusement, le temps ne s'invente pas, il faut prendre la peine de se l'octroyer, ce qu'aucun d'eux n'a réussi à faire.

Le moment était venu pour elle de mettre son plan à exécution. Si la reconnexion à la nature l'avait apaisée elle, peut-être soulagerait-elle aussi Romain. Les chances de réussite étaient minces, mais réelles.

Ravi de s'échapper de Paris, Marcel avait validé, et Romain avait suivi, rassuré de ne pas finir cloîtré entre quatre murs. Maintenant qu'il est assis sur ce bateau bousculé par les vagues à même pas sept heures du matin, elle se demande s'il n'est pas en train de regretter son choix.

Le bateau s'amarre au ponton de l'île, les quelques passagers sortent par petits groupes et suivent un panneau en bois indiquant la direction du monastère. Sac sur le dos, ils suivent le mouvement d'un pas traînant, le corps encore endormi. Nina repense à son frère récemment séparé d'Alice, qui les a logés la veille dans son appartement à Antibes. En le voyant si malheureux, Nina a regretté que ses prières espérant la rupture de leur couple aient finalement été exaucées. Elle préférait encore le savoir heureux avec cette chipie que misérable comme il lui était apparu la veille, les yeux cernés par le chagrin, ravalant tant bien que mal l'échec de son second mariage.

Le groupe progresse entre les pins, puis la vue se dégage, saisissante. Un immense domaine apparaît, recouvrant la quasi-totalité de l'île, au milieu duquel trône une magnifique abbaye entourée de vieilles bâtisses en pierre. Partout, sur des hectares entiers, vignes, oliviers et citronniers ont investi les lieux, disposés sagement en rangées bien délimitées où chaque arbre connaît sa place au sein de cette mosaïque végétale.

Trois moines en soutane blanc et noir et au visage avenant les accueillent, dont frère Laurent, un homme d'une quarantaine d'années, le plus jeune du monastère. Il leur souhaite la bienvenue d'une voix timide puis leur explique le programme qui sera le leur chaque jour, le temps qu'ils le voudront. La main-d'œuvre n'est jamais de trop ici. Les vendanges commenceraient tous les jours à huit heures, et finiraient aux alentours de treize heures. Deux équipes se relayeraient, les vendangeurs dans les vignes, et les trieurs au chai. Ils partageraient ensuite un déjeuner sur la grande table du jardin, puis auraient quartier libre pour profiter de l'île et de ses nombreuses criques, se reposer, prier, ou bien aider frère Vincent au potager. Pour les pensionnaires, le dîner serait servi à dix-neuf heures pétantes dans le réfectoire.

La voix de frère Laurent s'anime lorsqu'il étale devant

son petit auditoire son savoir viticole, et son regard en brille d'excitation :

– Sur notre île, nous choyons notre raisin comme un don précieux de la nature. Nous n'utilisons aucun engrais chimique et récoltons chacune de nos grappes à la main. L'intérêt de vendanger tôt le matin est d'empêcher l'oxydation du raisin par la chaleur et d'améliorer la fermentation. Notre vin est notre fierté, nous possédons plus de huit hectares de vignoble et une production d'environ quarante mille bouteilles par an, avec six cépages différents. Une fabrication ancestrale que vous allez nous aider à accomplir.

Son sourire est communicatif, et tout le groupe se sent soudain responsable d'une mission de la plus haute importance : perpétuer les traditions. Le visage de Marcel s'est détendu au fil du briefing de frère Laurent, et Nina sent une intime conviction lui indiquer un filet d'espoir. Ils sont exactement là où ils devraient être.

Nina n'a jamais vraiment aimé le vin, si ce n'est un verre de rosé, à l'apéro, pour accompagner les autres plus que par réel plaisir du palais. Mais la passion avec laquelle frère Laurent en parle lui donne envie de se laisser guider, elle qui n'a jamais su apprécier l'héritage de sa culture à sa juste valeur, malgré les nombreuses tentatives de son père pour l'initier.

Frère Laurent conduit les pensionnaires jusqu'à une dépendance en pierre jouxtant l'abbaye. À l'intérieur, le confort sommaire des dortoirs ne les effraie pas. Par chambrée, quatre matelas posés sur des sommiers hors d'âge, quatre tables de chevet, une fenêtre à petits carreaux donnant sur la cour verdoyante, rien d'autre.

Romain jette un œil vide à la pièce, il semble dépossédé de toute émotion, les suivant comme un automate. Ils y déposent leurs sacs avant de rejoindre les moines qui les attendent déjà au milieu des vignes.

La récolte du raisin devient rapidement l'un des exercices les plus méditatifs que Nina ait jamais connu. Couper le raisin à l'aide du petit sécateur, plan par plan, grappe par grappe, puis emporter le panier plein aux tables de tri, le vider et repartir ; un travail simple, manuel, ancré dans une dynamique collective et un présent bien palpable. Elle se concentre, s'applique à ne pas abîmer les grains, à ne pas s'écorcher les mains, bien que ce soit parfois peine perdue. Le soleil d'août, brûlant, lui tape dans la nuque et souvent, lorsqu'elle se relève, de petits points noirs floutent sa vision et l'obligent à s'interrompre quelques secondes. Elle a mal au dos à force d'être courbée et se demande comment les bénévoles plus âgés ne s'en plaignent pas. Au contraire, ces derniers papotent ou chantent dans les allées du vignoble, encourageant Marcel et Nina à se joindre à leur chorale improvisée. Au milieu des vignes, elle se surprend à perdre la notion du temps, à laisser son esprit s'évader, loin de l'île et de sa tâche, pour mieux revenir dans l'instant présent et sur le grain de raisin qu'elle vient d'écraser par mégarde entre ses doigts. C'est cela qu'elle aime le plus dans la récolte : la dilatation du temps. Avoir le loisir de partir, de revenir, de s'aventurer dans les limbes de son esprit, ou de ne pas penser du tout. De faire quelque chose de simple de ses mains, quelque chose de productif, sans compter ses heures, sans courir après l'horloge effrénée du quotidien.

L'après-midi, quand ils ne partent pas se rafraîchir dans les eaux turquoise des criques escarpées, ils font la sieste dans la cour de la dépendance, allongés sur des chaises longues à l'ombre de l'immense olivier au tronc noueux et aux branches chargées de petites boules encore trop vertes pour être cueillies. Le soir, privés de réseau et de télévision, ils jouent aux cartes et parlent avec les autres volontaires, des retraités pour la plupart, qui les initient au rami, au tarot et à la belote. Ils réapprennent à se tenir compagnie, à nouer des liens avec des inconnus. Cette chaleur humaine est incarnée par Jean-Marie, un sexagénaire aux cheveux poivre et sel et au visage tanné par le soleil, qui se réjouit de prendre les « petits bleus » sous son aile. Jovial, bavard, il a la voix cassée d'un ancien fumeur et la silhouette bedonnante d'un homme qui ne se refuse rien. Coéquipier de Romain à la coinche, il parvient de temps à autre à lui arracher un sourire. Exténué par le manque tenace, Romain a du mal à tenir la cadence imposée par les moines. Le deuxième jour, Nina l'a retrouvé recroquevillé au pied d'un cep, les yeux clos, incapable du moindre mouvement. Jean-Marie et Marcel ont dû le rapatrier au dortoir et l'allonger sur son lit tandis qu'il tremblait de tous ses membres, fiévreux.

Des bribes de phrases s'échappaient de ses lèvres grelottantes :

– La femme… conduisait… défigurée… plus de… visage… ma… faute.

Puis Jean-Marie a posé sa grosse main calleuse sur son bras :

– Ça va aller, mon bonhomme.

Et Romain s'est assoupi d'un coup.

Les jours se suivent et se ressemblent, rythmés par le dur labeur et le laisser-vivre. Au sein de la dépendance, la communauté s'apprivoise. Jean-Marie, sous ses airs bourrus, s'est pris d'affection pour Romain. Ses yeux vides l'ont touché, alors il tâche de les remplir de curiosité, d'intérêt, d'un soupçon de gaieté. Lorsqu'ils partent se promener tous les deux sur le domaine, Jean-Marie lui parle, lui transmet son savoir, comme un père le ferait avec son fils. Nina les voit au loin, Jean-Marie embrassant les parcelles de terrain d'un geste ample. Il connaît la terre sur le bout des doigts. Il était agriculteur pendant près de quarante ans, mais ses problèmes cardiaques ont conduit son fils à reprendre le flambeau, et son seul devoir depuis est de se la couler douce. Il ne peut cependant pas rester une semaine inactif, explique-t-il de sa voix grave, sinon il a l'impression de vieillir en accéléré. Alors, depuis trois ans, il vient aider les moines chaque été, replongeant les mains dans sa terre bénie.

Au fil des jours, certains partent, d'autres arrivent. Il y a les journaliers et les pensionnaires, les habitués et les novices. Le mouvement est perpétuel, mais les camaraderies sincères, surtout lorsque les moines font déguster leur cuvée saint-césaire et que les langues se délient autour du repas. À sa grande surprise, Nina ne s'ennuie jamais, ou si peu. Et lorsque l'ennui s'invite, elle l'accueille et s'y prélasse avec contentement. Elle regarde les étourneaux virevolter à toute allure et les feuilles des arbres frémir dans le vent. Elle observe les fissures dans les vieilles pierres froides du monastère, écoute les rouleaux de la mer au loin et le chant des cigales camouflées dans les pins. Jusqu'ici, elle ne savait pas que le farniente pouvait être aussi passionnant.

Au septième jour, Romain est désormais passé du chai à la vigne et se plie sans problème au rythme des vendanges. À présent, c'est lui qui recherche la compagnie de Jean-Marie. En une semaine, l'homme à la voix rauque est devenu un repère rassurant tel un phare dans la nuit, la figure paternelle qu'il n'a jamais eue.

Cet après-midi-là, dans la cour, Jean-Marie a mis de la musique sur un vieux poste de radio dégoté par frère Laurent. C'est le week-end, et une vingtaine de bénévoles supplémentaires ont débarqué le matin pour prêter main-forte. Ils sont au moins une quarantaine, tous réunis autour des tables de pique-nique sorties pour l'occasion, à déguster farcis niçois, toasts de tapenade et tiramisu préparés par frère Bernard, le chef attitré du monastère. Les voix et les rires s'élèvent dans l'air chaud aux senteurs d'iode et de pin, entre lesquels un vieux morceau entraînant de Supertramp résonne depuis le transistor. Marcel se lève soudain et esquisse un pas de danse, invitant Nina à faire de même, mais celle-ci ne bouge pas, clouée à sa place avec un sourire gêné.

– Allez, lâche-toi un peu ! la bouscule Marcel à voix basse. Tu as peur de quoi ? On est entre nous, et puis regarde, le ridicule ne tue pas.

Sur ce, il se met à gesticuler comme un fou, agitant ses bras et ses jambes en tous sens au rythme de la musique. Il ressemble davantage à une pieuvre épileptique qu'à un danseur. Nina étouffe un rire sous les regards dubitatifs et amusés des autres bénévoles dont Marcel se fiche éperdument. Comme pour le confirmer, il met ses paumes en l'air et continue sa chorégraphie sans queue ni tête. Nina regarde autour d'elle, mal à l'aise. Au fond, elle aimerait le rejoindre et se laisser porter par sa joie communicative, mais elle se rend compte de l'impact du regard des autres dans sa vie, illustrée à merveille en cet instant banal. À combien de choses a-t-elle renoncé de peur de ne pas correspondre à ce que les autres attendaient d'elle ? Ou plutôt de ce qu'elle pensait que les autres attendaient d'elle…

Nina se concentre sur Marcel, sur le sentiment de liberté qui se dégage de tout son être. Que ne donnerait-elle pas pour être comme lui, débarrassée d'un fardeau inutile ! Elle pose ses mains à plat sur la table, inspire profondément et finit par se lever. Ravi de l'entraîner dans son délire, Marcel lui prend la main pour la faire tournoyer sur elle-même, et bien que plus mesurée que lui dans son expression corporelle, elle se laisse faire. Elle sent l'embarras se dissiper, lui faisant entrevoir le curieux bonheur de céder la place à son enfant intérieur. Elle danse, de plus en plus légère. Les quelques regards tournés vers eux ne la dérangent plus. Elle n'a plus honte de rien. Pourquoi diable le devrait-elle ?

Après quelques minutes, bon nombre de bénévoles se sont également levés pour danser avec eux, pieds nus dans l'herbe grasse. Sans le vouloir, ils ont lancé un mouvement. En se détachant du regard des autres, ils les ont acquis à leur cause. Le paradoxe fait sourire Nina tandis que son regard se pose sur les visages réjouis autour d'elle, dont celui de Romain, resté assis mais battant la mesure avec entrain.

Longtemps après la fin du dîner, ce soir-là, Marcel s'est isolé derrière la dépendance. Il est allongé dans le pré, une main sous la tête, et apprécie ce moment de solitude. Nina le rejoint, mais cela ne le dérange pas, leur présence n'a jamais été un poids l'un pour l'autre. Elle s'allonge à côté de lui, bras en croix, et expire bruyamment.

– Pfiou ! Quelle journée encore. Je suis rincée.

Marcel hoche la tête en silence. Rincé, oui, mais d'une bonne fatigue, de celle qui apaise, qui assainit l'esprit. Il tend le doigt vers le ciel noir où quelques nuages gris sont éclairés par le croissant de lune.

– Regarde, on peut voir la Grande Ourse, entre deux nuages. La sorte de grande casserole, là.

Nina plisse les yeux mais ne voit pour sa part qu'un amas de petits points brillants.

– Les étoiles aussi, tu connais ? lui lance-t-elle. Tu es surprenant, Dubourg.

Il tourne la tête vers elle et lui adresse un sourire humble. Il connaît cette habitude qu'elle a de l'appeler par son nom de famille quand elle n'assume pas de lui faire un compliment. Leurs yeux se captent et ne se lâchent pas pendant de longues secondes, puis Marcel se détourne pour fixer à nouveau la voûte céleste. Nina hésite, elle glisse sa main sur l'herbe jusqu'à la poser sur la sienne, doucement.

– Je voulais te dire… Toutes ces semaines, je t'ai trouvé très courageux. Romain a beaucoup de chance de t'avoir. (Elle marque une pause.) On a tous les deux beaucoup de chance de t'avoir.

Elle accentue la pression de sa main puis entrelace ses doigts aux siens. Marcel n'ose plus bouger tandis que son cœur, lui, a bondi dans sa poitrine. Ils restent ainsi, en silence, les yeux rivés sur l'immensité du ciel, bien qu'aucun d'eux n'arrive désormais à se concentrer sur le dessin des constellations. Le temps s'étire, le ciel s'est dégagé pour leur offrir un spectacle d'une beauté vertigineuse. Il n'y a plus qu'eux au milieu des étoiles. Leurs paumes se sont soudées, ils peuvent sentir leurs pouls à travers elles, comme si leurs cœurs essayaient de communiquer en morse. Marcel ne saurait dire combien de temps s'est écoulé avant que Nina retire sa main à regret.

– Bon… Je vais aller me coucher. Bonne nuit, Marcel.

Elle se redresse sur un coude et se penche vers lui pour déposer un baiser sur sa joue. Elle s'y attarde une fraction de seconde, puis se détache et reste un instant au-dessus de lui, à le fixer avec un regard qu'il ne sait pas déchiffrer, mais qui donne à son rythme cardiaque une raison de plus de s'emballer dangereusement. Quelques mèches de cheveux tombent devant ses yeux noisette, il la trouve si jolie qu'il doit lutter contre l'envie presque insoutenable de lui voler un baiser. Il parvient à ne pas flancher, chat échaudé craint l'eau froide. Pourtant, happé par l'intensité de son regard, il n'a d'autre choix que de la dévisager en retour. Les secondes sont suspendues, tout comme son souffle, bloqué dans ses poumons. Immobiles, ils hésitent, écoutent les avertissements de leurs consciences, mais cela ne suffit pas. Marcel glisse une main derrière sa nuque et regarde les lèvres de Nina s'entrouvrir légèrement. Il la laisse venir à lui, percuté de plein fouet au contact de ses lèvres sur les siennes. Une évidence, brute et puissante. La même émotion qu'il avait déjà éprouvée lors de leur premier baiser, multipliée au centuple.

Il prend son visage entre ses mains et lui rend son baiser avec fougue. Nina bascule sur lui, ses cheveux à l'odeur fruitée recouvrent le visage de Marcel tandis qu'il embrasse ses joues et son cou, s'imprégnant de cette sensation divine au point de paralyser chaque pensée, laissant son cerveau reptilien prendre le contrôle de ses mouvements.

Nina le chevauche, elle peut sentir son érection contre elle, attisant un peu plus le feu de ses baisers qui ont transformé son bas-ventre en un volcan en fusion bouillonnant de désir. Elle force Marcel à se redresser et lui retire son tee-shirt, pressante. Elle se sent animée par une force inouïe, une envie de vivre, d'aimer cet homme, là, tout de suite, sur l'herbe tiède et moelleuse. Une pulsion de vie étourdissante qui bat jusque dans ses tempes, jusque dans sa chair.

Marcel dégrafe son soutien-gorge lentement. Il veut savourer le moment, graver l'image de cette Nina sauvage, à moitié nue sur lui, le ciel étoilé en toile de fond. Il caresse la peau lisse de son dos quand elle se presse contre lui, leurs épidermes semblent se fondre l'un dans l'autre. La tête lui tourne.

Une chouette hulule au-dessus de leurs têtes, et sans crier gare, Nina se désunit de leurs baisers et lui lance un regard paniqué. Transportée par la passion l'instant d'avant, elle paraît désormais perdue, confuse. Marcel s'interroge, déstabilisé. En un claquement de doigts et un ululement de chouette, la magie s'est envolée. Elle couvre sa poitrine, honteuse de sa nudité, avant de plaquer son chemisier contre elle. Elle balbutie quelques mots en fuyant son regard.

– Je… Je suis désolée, Marcel. Je ne peux pas.

Elle répète plusieurs fois « Je ne peux pas » à voix basse en se relevant et en enfilant ses vêtements à la va-vite.

Marcel accuse le poids de la déception et de la frustration. Il reste un instant allongé, sonné comme un boxeur K.-O. Mais avant qu'elle ne s'enfuie, il l'attrape par le poignet. Nina lui lance un regard de biche aux abois, elle est pâle comme un linge.

– Ça va, Nine… Relax. Tout va bien, d'accord ?

Elle hoche la tête, peu convaincue, puis lui souhaite de nouveau bonne nuit avant de disparaître dans la pénombre.

Lorsqu'il regagne le dortoir, Nina dort sur le côté ou fait semblant. Il a mis du temps à faire retomber la pression, hésitant même à prendre un bain de minuit pour calmer ses ardeurs, mais, après s'être replongé dans les étoiles, bercé par le bruissement des insectes nocturnes, il a finalement recouvré un peu de sérénité. Il jette un œil à Romain, allongé sur le lit d'en face. Son visage s'est étoffé, ses pommettes sont moins saillantes, ses tics nerveux ont disparu. Le plus dur est derrière lui, et cette pensée le rassérène avant qu'il sombre à son tour dans le sommeil.

Aux premières lueurs de l'aurore, Nina quitte le dortoir

à pas de loup, longe le monastère où les moines ont déjà fait leur prière du matin et va s'asseoir sur les rochers blancs face à la mer. Les vagues s'y brisent avec fracas et les mouettes semblent apprécier le spectacle à coups de cris perçants. La bande sonore apaise ses pensées ressassées toute la nuit. Elle sort son téléphone et se décide à joindre Sylvia. Celle-ci, réveillée par son appel, ne cache pas sa mauvaise humeur.

– J'espère que tu as une bonne raison pour m'appeler à une heure pareille, ronchonne-t-elle à l'autre bout du fil.

– Oui, crois-moi.

Une fois son récit terminé, Sylvia ne peut dissimuler son étonnement. Pragmatique, et à présent tout à fait réveillée, elle enchaîne :

– Tu ne vas rien dire à Greg, n'est-ce pas ? Tu ne vas pas tout gâcher pour Marcel quand même ?

Et pourquoi pas ? songe furtivement Nina, irritée par le dédain qu'elle perçoit dans la voix de son amie. Elle coupe court à la conversation et raccroche, plus à cran que jamais. Malgré son manque de tact, Sylvia a raison, c'est évident. Grégoire a tout pour lui. Il est brillant, prévenant, séduisant, gentil, et fou amoureux d'elle. Comment a-t-elle pu prendre le risque de le perdre ? Elle doit mettre les choses au clair avec Marcel, rapidement. Il comprendra. Il comprend toujours.

Anxieuse, elle part à sa recherche. Les bénévoles ont déjà commencé leur ballet dans les allées du vignoble, mais elle ne l'y voit pas. Elle fait le tour du potager, du réfectoire et du jardin où ils ont pris leurs habitudes cette semaine. En vain. Un mauvais pressentiment lui fait accélérer le pas, le cœur battant. De retour dans le dortoir, elle se fige en constatant que les affaires de Romain et Marcel ont disparu. Ne reste qu'un papier, posé sur sa table de chevet, qu'elle ouvre délicament.

Quand j'étais petit, ma mère me disait souvent de prendre soin de mes amis. Elle répétait cette phrase de Balzac que je ne comprenais qu'à moitié : « Ce qui rend les amitiés indissolubles et double leur charme est un sentiment qui manque à l'amour, la certitude. »

À présent, j'en saisis toute la portée. Alors ma Nine, ne gâchons pas l'une de nos seules certitudes.

Merci pour tout.

Marcel

P.-S. : Romain t'embrasse.

13

Jour J + 1

– Tu vois quelqu'un en ce moment ?

Nina ne répond pas. Elles sont assises sous l'abricotier du jardin et sirotent une limonade. Même à l'ombre, la température est à peine supportable. Laetitia a étendu ses jambes sur une chaise devant elle et relevé sa robe en haut de ses cuisses. Elles observent les invités jouer à la pétanque sur le petit terrain improvisé sur le gravier du parking : hommes contre femmes, et pour leur plus grand plaisir, l'équipe féminine, dont la mère de Nina est chef de file, mène les débats.

Les éclats de voix contestataires de l'équipe adverse leur parviennent dans toute leur mauvaise foi. Laetitia rit doucement.

– Pourquoi n'existe-t-il pas de plus grand déshonneur pour un homme que celui de perdre contre une femme ? Je crois qu'il nous faudra encore quelques générations pour changer ce réflexe ancestral.

Nina acquiesce. Chaque jour, comme toutes les femmes, elle est témoin de cette inégalité des sexes.

Dans de nombreuses situations, et bien qu'elle soit parfaitement intégrée, indépendante et compétente, elle est encore trop souvent rappelée à son statut d'être inférieur, à son statut de femme. Tantôt maladroitement, tantôt subtilement, mais le message reste le même. Malgré les mouvements féministes, malgré la sensibilisation et les prises de conscience, qu'il est difficile de changer des millénaires de pensée formatée ! À tel point que, parfois, elle n'y prête plus attention et ne s'en offusque même plus. Laetitia, elle, n'est pas de celles qui ferment les yeux ; au contraire, elle est plutôt du genre activiste. C'est ce qui a tout de suite plu à Antoine.

Laetitia revient à la charge.

– Alors ?

– Hmm, c'est compliqué, esquive Nina.

Laetitia n'insiste pas, ce dont elle lui sait gré. Le silence retombe, Nina pose les mains sur son ventre, elle a beaucoup trop mangé lors du brunch et ses paupières se font irrésistiblement lourdes. L'odeur du jasmin, le chant des oiseaux, le bruit des boules de pétanque claquant les unes contre les autres, la bercent jusqu'à ce que la voix de sa belle-sœur la ramène dans la réalité.

– Nina ?

– Hmm, hmm.

Elle garde les yeux fermés, tentant de se raccrocher aux délicieuses sensations du moment présent.

– Il faut que je te dise quelque chose.

Nina ouvre les yeux et reporte son attention sur le visage de Laetitia. Celle-ci a du mal à contenir son excitation.

– Il ne faut pas que tu en parles à qui que ce soit. Avec

ton frère, on s'était promis d'attendre encore quelques semaines, mais je n'arrive plus à le garder pour moi…

Nina se redresse soudain, les sens en alerte. Elle pose une main sur sa bouche.

– Non ?…

– Si, répond Laetitia avec un large sourire avant de confirmer à voix basse d'un ton euphorique. Tu vas être tatie !

Elle se laisse absorber par le bonheur de Laetitia, hilare, mais au milieu de ses sourires et de son étreinte sincères, Nina l'entend. Juste ici, au creux de son ventricule qui vient de louper un battement. Le bruit reconnaissable de sa lente agonie.

14

Cinq ans plus tôt…

Lorsqu'il pénètre dans la salle de jeu, comme tous les samedis après-midi, Marcel la repère immédiatement. Elle est assise dans un coin, en face de Justin, son partenaire habituel. Elle est de dos, mais il sait qu'elle est nouvelle, il n'aurait pas pu passer à côté de sa chevelure flamboyante. Justin lui fait un rapide signe de tête tandis que Marcel va s'asseoir face à un autre joueur, quelques tables plus loin, et entame sa partie. Il n'arrive cependant pas à être totalement concentré à force de lorgner toutes les deux minutes en direction de leur table et perd lamentablement la partie en quelques coups. La fille rousse se lève au même moment, remercie Justin, puis cherche du regard un nouvel adversaire.

Elle porte de grandes lunettes rondes, du rouge à lèvres et un livre sous le bras.

Marcel lève la main pour lui indiquer que sa table est libre. Elle prend place sur la chaise devant lui et pose son livre près de l'échiquier. En apercevant la couverture, Marcel ne peut retenir un sourire. La fille s'en aperçoit.

– Tu aimes bien Christine Boisset ? le questionne-t-elle.

– On peut dire ça. Je la connais bien. C'est la mère d'une amie.

Elle paraît sincèrement enchantée de cette coïncidence et lui pose quelques questions sur l'auteure, dont elle est une lectrice assidue. Puis, rassasiée, elle redevient soudain sérieuse.

– Revenons à nos moutons, ordonne-t-elle en avançant son premier pion. Anaïs. Enchantée.

– Lucas. De même.

Cette fois, Marcel s'applique. Il n'a pas envie de passer pour un branque. Anaïs lui oppose une résistance farouche, et il n'est plus question de jouer au séducteur. Le combat est âpre, Anaïs anticipe ses coups, et le surprend par quelques attaques bien senties.

Elle croit mener le jeu, d'après le mince sourire de satisfaction qui se peint sur ses lèvres rouges. Pourtant, en trois coups, Marcel met son excès de confiance au tapis et son roi en échec. La tactique de l'attraction a fonctionné, le piège s'est refermé sur elle.

Visiblement, elle ne l'avait pas vu venir et son sourire s'évanouit instantanément. Si seulement cette tactique qui porte bien son nom pouvait se révéler aussi efficace pour séduire une femme ! Marcel se retient de la taquiner, il garde un visage impassible et attend qu'elle incline son roi en signe de résignation. Du regard, Anaïs cherche désespérément une porte de sortie pour renverser la partie. Quand elle réalise qu'il est trop tard, elle lève vers lui ses yeux verts cachés derrière la monture de ses lunettes.

– Tu es sans pitié, dit-elle, sérieuse.

Elle se cale au fond de la chaise et croise les bras en silence. Marcel craint un instant de l'avoir froissée, il comprend que sa tactique de l'attraction n'a fait au contraire que la repousser. Quel idiot ! se maudit-il intérieurement. Mais elle reprend, les bras toujours croisés :

– Tu peux toujours te rattraper… En m'invitant au ciné, par exemple.

Marcel croit avoir mal entendu. Il ne répond rien et doit afficher un air ahuri car elle émet un petit rire gêné qui vient empourprer son joli minois.

– Désolée, tu as sûrement mieux à faire, bredouille-t-elle. Mais on peut refaire une partie si tu veux ?

Elle replace les pions en position de départ sans le regarder. Marcel n'a toujours pas prononcé un mot : c'est bien la première fois qu'une fille lui fait des avances, si c'est de cela qu'il s'agit. Il n'en est même plus sûr, à cet instant, il ne sait même plus comment il s'appelle.

Tandis qu'elle avance son premier pion, il se reprend enfin et parvient à formuler une phrase cohérente. Du moins l'espère-t-il au moment où les mots franchissent le seuil de ses lèvres.

– Ça fait un moment que je veux aller voir le nouveau Woody Allen. Ça… ça te dirait ?

C'est complètement faux, il ne connaît pas les films de Woody Allen, mais, dans son esprit au bord de la surchauffe, il s'est dit que cela lui donnerait un petit côté intellectuel. Anaïs acquiesce avec soulagement : « Volontiers. » Puis, après quelques minutes de jeu, elle se penche de nouveau vers lui.

– Tu ne préférerais pas aller voir le dernier *Avengers* ?

Elle lui adresse un sourire candide qu'il lui rend sans retenue. C'est officiel, cette fille lui plaît.

Deux jours plus tard, il l'attend devant le cinéma lorsqu'il la voit arriver de loin d'un pas pressé. Elle a revêtu une courte jupe droite et un chemisier léger à travers lequel il peut constater par le mouvement de sa poitrine qu'elle n'a pas de soutien-gorge. Elle lui sourit en l'apercevant et Marcel rougit en se penchant pour lui faire la bise. Anaïs semble quant à elle tout de suite à l'aise, bavardant comme si elle retrouvait un vieil ami. Ses lèvres bordeaux, sur lesquelles Marcel louche sans retenue, s'animent à toute vitesse.

– Excuse-moi du retard, ma meilleure pote vient de rompre avec son mec. Elle m'a tenu la jambe pendant deux heures... Bref, je te raconterai. On y va ?

Avant de lui emboîter le pas, Marcel relit rapidement le message de Nina :

Tu viens manger à la maison ce soir ? Je te fais des fajitas !

Contrairement à son habitude, il décline non sans un certain plaisir son invitation pourtant alléchante :

Pas dispo señorita, désolé ! Demain ?

La réponse de Nina fuse dans l'instant :

Va pour demain !

Une fois assis devant le grand écran, où le film est sur le point de commencer, Marcel ressent un besoin impérieux de soulager sa conscience. Il doit vraiment se débarrasser de cette sale manie.

Il incline la tête vers Anaïs et murmure dans le noir :

– Au fait, je ne m'appelle pas Lucas… J'ai menti, avoue-t-il les yeux baissés.

– Je sais bien, répond-elle en posant la tête sur son épaule.

Marcel recule le menton, surpris.

– Comment ça, tu sais ?

Anaïs lève vers lui ses grands yeux verts pendant que l'écran s'allume finalement, projetant sa lumière blanche sur leurs visages. De près, il voit encore mieux les taches de rousseur qui recouvrent son nez et ses joues.

– Parce que tu n'as pas une tête à t'appeler Lucas.

Il la fixe bouche bée, incrédule. Il n'a donc pas une tête à porter un prénom normal – il ne sait pas comment il doit le prendre. Mais elle ajoute avec un sourire en reposant sa tête au creux de son épaule :

– Et parce que j'ai demandé à ton copain du club. J'aime bien moi, Marcel.

Il reste silencieux et sourit à son tour. Les cheveux d'Anaïs dégagent une odeur vanillée qu'il hume les yeux fermés.

Marcel ne le sait pas encore, mais il vient de tomber amoureux.

15

– Je lui ai dit qu'on avait été… intimes.

Un mois a passé. Un mois bercé par le corps d'Anaïs et leurs nuits blanches entrelacés. Ses cernes en parlent pour lui, de ce feu qui les embrase nuit et jour, attisé par un regard, une caresse. Il est à présent affalé dans le fauteuil marron de l'appartement de Poissy tandis que Nina est debout, tendue. La convocation de Marcel ne lui avait rien dit qui vaille. Au fil des minutes, elle comprend le sujet de cette réunion de crise.

– « Intimes » ? Depuis quand tu mâches tes mots avec moi ? ricane-t-elle d'un ton qu'elle aurait voulu moins agressif. Et puis, pourquoi tu es allé lui raconter ça ? On s'est laissé aller cinq minutes, d'accord, mais c'était il y a longtemps, on en a fait du chemin depuis. C'est du passé !

Elle parle de cela comme d'une époque lointaine et révolue, tandis que l'incident paraît beaucoup plus frais dans le cerveau de Marcel.

– Je sais bien ! s'exclame-t-il avec un irrépressible pincement au cœur. Mais je n'ai pas d'expérience en relations sérieuses, moi ! Je pensais qu'il fallait tout se dire quand on était en couple, qu'il fallait être transparent.

– Tu fais ce que tu veux, hein, mais tu peux aussi garder un petit jardin secret, surtout quand ça ne la concerne pas ! Tu m'étonnes qu'elle ne veuille plus que tu me parles ! s'exaspère Nina en faisant les cent pas.

Comment peut-on être aussi bête ? fulmine-t-elle intérieurement.

Elle n'a pas encore rencontré Anaïs, mais déjà, elle ne la porte pas dans son cœur, elle et ses ultimatums infantiles. Pourquoi les hommes se font-ils si aisément mener par le bout du nez ?

Elle s'immobilise au milieu de la pièce, en proie à une inquiétude soudaine, et le regarde droit dans les yeux.

– Qu'est-ce que tu vas faire ?

Quand elle rentre rue Jean-Bologne, Carine n'est pas là. Elle aussi a rencontré quelqu'un, une fille du nom de Servane, chez qui elle passe de plus en plus de temps. C'est le printemps, les cœurs se flairent, se trouvent, les couples se forment. Elle aurait besoin d'elle pourtant, sa conseillère en histoires de cœur, toujours prête à partager son expertise en cas de nécessité. Ce soir, abasourdie qu'une telle souffrance puisse lui être infligée par son meilleur ami, son cœur à elle est bel et bien en miettes.

Il aura fallu près de trois ans d'une colocation distante mais cordiale pour que les deux jeunes femmes s'apprivoisent enfin. Longtemps, Nina était restée sur la retenue, pétrie d'*a priori* ridicules. Elle la trouvait un peu perchée, avec ses cheveux multicolores et ses tatouages. Une allure qui contrastait pourtant avec son tempérament réservé et sa grande sagesse. Son apparence trompeuse permettait d'éloigner ceux qui la jugeaient trop vite. Nina avait fini par dépasser ses préjugés, et elle y avait tellement gagné ! Carine l'écoutait, la réconfortait. Elle l'écoutait même si attentivement que Nina en perdait parfois le fil de son récit, déboussolée par son silence concentré et ses yeux gris braqués sur elle. Personne pour l'interrompre, pour finir sa phrase à sa place, pour donner son avis en parlant de soi. Elle réalisait alors que peu de gens ont cette capacité d'écoute, et qu'ils font du bien. Marcel faisait aussi partie de ces gens-là. Elle devra s'en passer, dorénavant.

L'appartement vide est plongé dans la pénombre. Seule la lumière orange d'un réverbère éclaire une partie de l'entrée. Nina sort son téléphone puis se ravise et l'envoie valser dans un coin du canapé. Sylvia ne comprendrait pas. Elle ne saisit pas l'amitié fusionnelle qui la lie à Marcel. Elle pourrait être moqueuse et blessante. Nina se recroqueville sur le canapé et sent les larmes affluer. Des larmes de colère, de trahison, d'abandon. Des larmes d'une certitude envolée, celle que Marcel avait pourtant promis de protéger.

16

Les semaines, puis les mois passent, Marcel ne se manifeste plus. Il s'est évaporé, aussi aisément qu'il était entré dans sa vie. Nina continue de voir Romain, de temps en temps, pour un café. Mais sans leur dénominateur commun, leur amitié a perdu de son éclat et de son naturel. Ils parlent du nouveau travail de Romain dans la finance, auquel il voue une profonde indifférence, et de Jean-Marie, avec qui il a gardé contact. Romain semble plus apaisé, enfin serein. Nina s'en félicite. Il n'est plus tout à fait le même depuis leur retraite à Saint-Honorat, et affirme avoir laissé définitivement la drogue derrière lui. Nina a envie d'y croire, bien qu'elle perçoive les rouages pervers contre lesquels il lutte encore. Sa volonté d'avancer lui a même fait prendre son courage à deux mains pour revoir la conductrice à qui son inconscience avait failli coûter la vie. Seulement, cette fois, elle ne faisait pas figure de légume au fond d'un lit d'hôpital, et il n'était tout compte fait pas si préparé que ça à cette confrontation.

Nina imagine sans peine le tableau que Romain lui conte en détail.

Un pavillon de banlieue, protégé par un portail vert, ouvert, qui donne sur un petit jardin où un vélo d'enfant rouge gît sur le côté. Une devanture ocre, un vieux paillasson où se dessine le mot *Bienvenue* altéré par les passages. Une porte marron et sa poignée ronde cuivrée. Romain, tiré à quatre épingles, qui appuie son doigt tremblant sur la sonnette. De longues secondes s'écoulent durant lesquelles il aimerait prendre ses jambes à son cou, mais celles-ci ne répondent déjà plus. Le battant s'ouvre alors sur un visage grave et interrogateur, celui d'un petit garçon d'une dizaine d'années, suivi d'un autre visage, quelques secondes plus tard. Celui-ci est doux, encadré de longs cheveux bruns qui peinent à dissimuler une vilaine cicatrice barrant son front et sa joue droite. La femme à la balafre s'appuie sur une béquille. Elle prononce un « Oui ? » à peine plus fort qu'un souffle, et Romain sent ses genoux se dérober sous lui.

Hésitant, bégayant, il décline son identité, et la raison de sa venue. Emporté par son aveu, il vide son sac, sans discontinuer. Tout en parlant, il fixe les cicatrices et le visage de la femme qui se teinte de différentes couleurs au fil de son déballage. Le regard du gamin est resté fixé sur lui. Deux paires d'yeux rivées à son âme, semblables à un gouffre béant dans lequel il croit tomber. Le garçon se renfrogne davantage, ses sourcils froncés se rejoignent presque pour n'en former qu'un seul. Il s'avance, jauge sévèrement son interlocuteur, puis lui assène un violent coup de pied dans le tibia, comme un petit animal enragé, avant de s'enfuir vers l'intérieur de la maison. Romain retient un juron, sautille sur place et frotte sa jambe douloureuse. Le petit ne l'a pas loupé, il a l'impression d'avoir reçu un coup de massue sur l'os. La femme referme doucement la porte d'entrée et lui désigne une table de jardin à l'ombre d'un parasol. Elle claudique devant lui, il boitille derrière elle. Elle s'assoit lentement, presque au ralenti, lui enjoignant de faire de même d'un geste de la main.

– Excusez-le, mon fils est un peu perturbé ces derniers temps.

La douceur n'a pas quitté ses traits harmonieux bien qu'abîmés, et Romain est gêné de l'entendre lui présenter ses excuses. Il a chaud, il transpire, il est sur le point de s'évanouir au moment où il pose les fesses sur la chaise en plastique.

La femme s'appelle Sandrine, le petit garçon Joseph. Il n'y a plus de papa sous leur toit, le couple n'a pas tenu le choc après l'accident.

– Ce n'est pas facile de s'occuper de quelqu'un de dépendant, énonce-t-elle calmement, sans aigreur.

Romain se ratatine sur lui-même. Il n'a pas seulement volé la vie de Sandrine, mais aussi celle de Joseph, et celle d'un homme qu'il ne connaît pas. Dommages collatéraux de sa bêtise, de sa médiocrité en tant qu'être humain. Pendant les quelques minutes de leur échange, Sandrine lui offre une bienveillance qu'il ne mérite pas, et son pardon en guise d'adieu.

Depuis, pour pouvoir continuer à vivre, il se convainc qu'il s'est un peu pardonné à lui-même. Et ce malgré le regard hostile du petit Joseph qui revient parfois le hanter dans son sommeil pour lui rappeler l'irréversibilité de ses actes.

À chacun de leurs rendez-vous, Romain et Nina tournent autour du pot. Ils évitent soigneusement le sujet Marcel, bien qu'elle brûle d'envie d'avoir de ses nouvelles. Si Romain a le malheur de l'évoquer, elle balaie le sujet de la main, irritée. Elle est bien trop fière et trop blessée pour s'enquérir de lui, surtout quand elle repense à ses dernières paroles sans équivoque :

– Je suis désolée, Nine… Je dois me laisser une chance d'être bien avec elle. Donne-lui un peu de temps, je suis sûr que tout va s'apaiser en quelques semaines. Mais pour l'instant, c'est le prix à payer.

Il l'avait prise dans ses bras sans qu'elle lui rende son étreinte, les bras collés le long du corps.

– Je ne t'oublierai pas, lui avait-il soufflé à l'oreille alors qu'elle était encore sous le choc.

Il paraissait sincère, triste aussi. Sincère, il ne l'avait pourtant été qu'en partie, esquivant la vérité comme un danseur de limbo. Une vérité inutile, qu'il avait jugé bon de mettre en sourdine.

Comment lui avouer que pour avancer dans sa relation avec Anaïs, cette relation qu'il attendait comme le messie, il n'avait pas d'autre choix que de la mettre à l'écart ? Que la place qu'elle occupait dans sa vie et dans son esprit n'en laissait pas assez pour que quelqu'un d'autre s'y engouffre ? Et ce davantage encore depuis leur dérapage contrôlé *in extremis*. Même s'il avait pris les devants et quitté l'île pour se protéger de son rejet inévitable, il n'y était qu'à moitié parvenu, plongé dans une intense confusion où il étouffait plus souvent qu'à son tour l'image de sa poitrine nue et de son regard brillant de désir.

Il n'avait pas osé lui dire tout ça, elle qui avait occulté l'incartade comme un chien enterre son os au fond du jardin. Cela aurait sonné comme une déclaration d'amour désespérée. Désespéré, il l'était pourtant. De se faire aimer d'une femme, de connaître les nuits d'ivresse et les matins câlins. Les images d'Épinal d'une fille qui déambulerait dans une chemise trop grande, d'une brosse à cheveux sur le bord du lavabo. Il n'avait pu se résoudre à admettre qu'il était prêt à tout pour ça, quitte à sacrifier temporairement, voire définitivement, l'une de ses amitiés les plus précieuses. Alors, la gorge obstruée de non-dits, il l'avait simplement serrée de nouveau dans ses bras en un adieu silencieux, implorant le ciel ou qui l'entende de ne jamais avoir à regretter son choix.

Au début, Nina avait subi son silence, tel un poids invisible qui alourdissait son élan de vie. Elle était restée dans l'attente, naïve, se refusant à y croire. Elle connaissait Marcel, ses valeurs, son fond tendre comme du bon pain, l'importance qu'il donnait à ses amis. Il reviendrait d'un jour à l'autre, avec son sourire en coin et sa fossette au menton. Mais il n'était pas revenu, aspiré par sa nouvelle conquête. La colère avait remplacé l'inquiétude. Une rancœur envahissante et démesurée avait investi son cœur et noirci les souvenirs qu'elle avait de lui. Elle avait ruminé, elle l'avait maudit. Et puis, une fois la hargne passée et la source tarie, elle s'était habituée, comme on s'habitue à tout, même à l'absence des personnes que l'on pense irremplaçables. Elle en avait profité pour passer plus de temps avec Grégoire, pour le laisser s'installer dans sa vie. Grégoire l'aimait éperdument et avait pour eux des projets qui lui faisaient presque peur. Il lui parlait d'enfants, de mariage, de maison. Nina souriait, acquiesçait. Sur le papier, n'était-ce pas ce qu'elle désirait ? Malgré tout, dans les plis de son sourire, quelque chose sonnait un peu faux, et lorsqu'elle ne dormait pas, la nuit, elle essayait de fouiller au fond d'elle pour comprendre pourquoi.

Elle s'est faite belle ce soir. Courte robe noire, escarpins dorés, yeux charbonneux, joues rosées. Grégoire lui a donné rendez-vous dans leur restaurant préféré, rue Montorgueil. Carine émet un petit sifflement d'approbation en la voyant sortir de l'appartement.

– Tu ferais un tabac chez mes copines, lance-t-elle avec un sourire espiègle.

C'est le genre de boutade qu'elle ne se serait pas permise il y a encore quelques mois, et Nina rit de bon cœur à cette nouvelle preuve de spontanéité entre elles.

– Désolée, ma belle, les hommes ne m'ont pas encore complètement dégoûtée, répond-elle, mutine, en prenant ses clés sur le guéridon.

Grégoire l'attend sur le trottoir devant le bistrot, vêtu d'un jean et d'une chemise en lin rose. Classe et décontracté, comme à son habitude. L'incarnation de l'homme moderne, sûr de lui, de son rôle dans la société, sans jamais trop en faire ni chercher à éclipser les autres par son esprit lumineux.

Il y aurait de quoi, pourtant. Aux yeux de Nina,

Grégoire est un visionnaire. Ingénieur de profession, il transpire l'intelligence et la vivacité. C'était cela qui l'avait séduite lorsqu'ils s'étaient rencontrés dans les couloirs de l'ENSAD où il était venu faire une intervention auprès des étudiants. Le tout accompagné de grands yeux marine, d'un sourire dévastateur et d'une humilité sincère. Un seul rendez-vous après les cours avait suffi à la faire flancher.

Grégoire a choisi sa voie comme s'il la connaissait depuis le jour de sa naissance, sans la moindre hésitation. Une flèche tirée en plein cœur de sa vocation, suivant une trajectoire aussi rectiligne que sa détermination à changer le monde. La cible en question : l'urbanisme durable. Grégoire se dévoue corps et âme à la création et la mise en place d'écoquartiers aux quatre coins de la France. Les énergies renouvelables, les transports non polluants, le traitement de l'eau de pluie, le recyclage des déchets et la diminution des gaz à effet de serre, c'est son combat. Nina admire les gens qui se battent pour leurs idéaux. Elle aime chez Grégoire son amour pour la planète et sa volonté de mettre son intelligence à son service. Il croit en la possibilité d'une meilleure cohabitation entre les hommes et leur environnement, et désire plus que tout y contribuer. C'est aussi cette volonté farouche qui le rend parfois inflexible, raisonnable jusqu'à l'extrême. Il aime savoir où il va, et si son destin le dévie de sa trajectoire, il fait en sorte de reprendre l'itinéraire programmé dans son GPS mental. Coûte que coûte. Sous ses airs de baba cool, Grégoire n'aime pas le changement, et déteste les imprévus. Dans son quotidien, il n'y a pas de place pour l'inconnu, pour l'à-peu-près.

Parfois, quand sa rigidité l'agace, elle maugrée que Grégoire est né vieux, et qu'il doit être épuisant de ne jamais se laisser porter par la vie, d'essayer en permanence de tout anticiper. Puis elle réalise que ce qui l'agace vraiment, c'est que Grégoire n'est que le reflet d'elle-même, lui renvoyant comme un boomerang amélioré son propre perfectionnisme, énergivore et obsédant. À défaut d'y parvenir avec tant de brio, elle ne peut donc que s'incliner devant sa capacité à toujours avoir un coup d'avance.

Au contact de Grégoire, Nina a l'impression de muscler son cerveau, de gonfler son propre QI. Appliquée à se montrer digne de son intelligence, elle raffole de ces longues heures de discussion où ils partagent, débattent et opposent leurs idées. La nature, l'art, la créativité les rassemblent, et les minutes en sa compagnie s'égrènent comme des secondes.

Il est minuit passé lorsqu'ils ressortent sur le trottoir, leur estomac et leur cerveau repus. L'air de septembre est doux comme une caresse et beaucoup de gens flânent encore dans la rue piétonne.

– Mince alors, j'ai oublié de laisser un pourboire, dit Grégoire en fouillant dans la poche de son jean, tu peux aller mettre ça sur la table vite fait ?

Il dépose un petit objet froid au creux de sa paume. Mais ce n'est pas une pièce, c'est une clé. Une clé carrée, similaire à celle de l'appartement de Grégoire, un beau deux-pièces dont il vient d'être l'heureux propriétaire. Nina ouvre de grands yeux. Grégoire lui confirme sa mise en scène tirée par les cheveux avec un haussement de sourcils interrogatif. Les pensées se bousculent dans la tête de Nina en l'espace de quelques microsecondes. Joie, fierté, appréhension. En voyant la lueur d'espoir se dessiner sur le visage de Grégoire, elle passe ses bras autour de son cou et l'embrasse longuement pour lui signifier son accord. Grégoire exulte, il la soulève de terre, la serre contre lui à l'étouffer. Nina rit, elle est heureuse, de ces éclairs de bonheur intenses au goût de revenez-y.

Et tandis qu'elle se blottit contre son torse, une autre pensée la traverse furtivement. L'image d'une coupe de cheveux aléatoire aux reflets fuchsia, une voix douce et prévenante, une présence discrète de son quotidien depuis des années qu'elle va laisser derrière elle, après avoir mis si longtemps à la découvrir. Et lorsque le visage de Carine s'estompe dans le parfum boisé de Grégoire, un peu de spleen s'est faufilé dans l'interstice, comme un chat dans la nuit.

*

Marcel se réveille aux côtés d'Anaïs et s'en émerveille comme un petit garçon le jour de Noël. Dans la semi-obscurité, il observe son visage endormi et se retient d'effleurer ses joues rebondies. Ses cheveux de feu sont étalés sur l'oreiller blanc et un léger souffle s'échappe de ses lèvres entrouvertes. Il connaît à présent son visage par cœur, son corps sur le bout des doigts, et ne s'en lasse pas. Six mois qu'il est sur un petit nuage, dévoré par la passion de sa peau, enveloppé par son rire et sa sensualité. Bousculé aussi, parfois, par son tempérament impétueux. Si seulement elle savait à quel point il est fou d'elle, à quel point il peine encore à réaliser sa chance.

En jetant un œil aux chiffres lumineux du réveil, il repère le nouveau livre de Christine Boisset, placé sur la table de nuit, et tend le bras au-dessus d'Anaïs pour l'attraper. Il allume sa veilleuse, parcourt la quatrième de couverture – une histoire de femmes dans une intrigue policière se déroulant au début du siècle – et décide de le commencer le temps qu'Anaïs se réveille. Il n'est que six heures trente, cela lui laisse un bon moment avant que cette marmotte émerge de son sommeil.

Au fil de sa lecture, il s'aperçoit que l'une des héroïnes lui rappelle étrangement Nina. Ses cheveux au carré, son rire tonitruant, sa manière de douter de tout, de ne jamais s'estimer à la hauteur. Ce n'est pas flagrant, mais Marcel connaît trop bien Nina pour passer à côté de la ressemblance. Il a l'impression de la retrouver à chaque page, et cela lui fait du bien. Sa lecture comble momentanément le vide qu'il a lui-même créé. Il tourne les pages avec avidité, pressé de retrouver d'autres similitudes. Il s'est bien gardé de dire à Anaïs que la Nina en question est la fille de son auteure préférée. Il a au moins su éviter cette gaffe. Elle en est tellement jalouse qu'elle aurait été capable d'arrêter de lire les livres de Christine.

– Ça te plaît ?

La voix ensommeillée d'Anaïs lui parvient, perçant la bulle de concentration dans laquelle il s'était réfugié. Il sursaute puis hoche la tête en regardant Anaïs s'étirer langoureusement. Il repose le livre et vient embrasser son cou délicat tandis qu'elle referme ses jambes autour de lui en gloussant de plaisir. Il mord le lobe de son oreille et lui susurre doucement :

– Mais toi tu me plais encore plus.

17

J + 1

Laetitia est retournée à ses invités, le pas virevoltant de bonheur. La partie de pétanque est terminée, l'humiliation de l'équipe masculine a calmé les ardeurs de chacun, sauf de Christine, qui en profite pour fanfaronner un peu. Les invités sont attablés pour un dernier café, d'autres font la sieste sur les chaises longues du jardin, assommés par la chaleur et l'excès de nourriture.

Christine s'est postée derrière Nina, elle lui frictionne affectueusement le dos en observant son fils et le sourire constant qui n'a pas quitté son visage depuis la veille. Laetitia s'approche de lui, murmure à son oreille quelque chose qui le fait éclater de rire.

– Je crois bien qu'il a trouvé la bonne, déclare Christine comme pour elle-même.

Nina approuve, encore sous l'émotion de la confession de Laetitia. Elle lève la tête vers sa mère.

– Et toi, questionne-t-elle, comment tu as su que papa était le bon ?

Christine prend place sur la chaise vacante en face

de Nina, un sourire nostalgique sur son visage à moitié caché sous un grand chapeau blanc.

– Je ne l'ai pas su tout de suite, je l'ai découvert au fur et à mesure. Jusqu'à ce qu'il ne puisse plus en être autrement.

Son regard se pose sur le profil de son époux qui sert le café et son sourire s'étire. Nina peut percevoir l'infinie tendresse qui plisse le coin de ses yeux. Sa mère tourne la tête et lui fait face, toujours souriante.

– Et puis, surtout, personne ne me fait autant rire.

Nina hoche doucement la tête. Le rire, ce pont merveilleux entre deux personnes, cette impulsion qu'on ne peut ni feindre ni forcer. C'est la spontanéité d'une relation, l'aveu non verbal d'une connexion entre deux êtres. Elle n'avait encore jamais réalisé que cette complicité par le rire était le lien le plus solide qui unissait ses parents, même après toutes ces années.

– Mais tu sais, ça demande aussi beaucoup de travail, reprend Christine. L'amour, ça s'entretient, ça se cultive. Malheureusement, les gens sont paresseux de nos jours. Ou trop pressés, ils n'ont plus le temps de cultiver leur petit lopin de cœur.

Nina a l'impression que son propre lopin n'est plus qu'une terre en friche, asséchée par les déceptions et l'incertitude. Elle aurait la volonté d'en prendre soin, de transformer la parcelle aride en terre féconde, débordante de bons sentiments, mais elle ne sait plus comment faire. Il faudrait tout reprendre de zéro. Arracher les mauvaises herbes, labourer la terre, ajouter du compost, des couches d'amour et de confiance. Comme Grégoire sait le faire, *savait* le faire. La voix de sa mère l'arrache à ses pensées.

– D'ailleurs, en parlant d'entretenir une bonne communication avec les gens qu'on aime…

Ça y est, se dit Nina, la voilà partie pour son chapitre moralisateur. Un exercice dans lequel sa mère excelle. Nina retient un soupir excédé.

– Je voulais te dire que j'étais fière de toi, ma puce. Fière de qui tu es, de ce que tu es devenue.

Surprise par cette déclaration aussi sincère qu'inattendue, Nina sent une boule se former dans sa gorge. Elle déglutit, prise dans le faisceau pénétrant du regard maternel. Celui qui peut vous faire rendre les armes en moins de temps qu'il ne faut pour le dire, celui qui renvoie à la douceur de l'enfance, qui vous rend vulnérable. Il n'y a pourtant pas de quoi être fière, surtout en ce moment. Comme si sa mère lisait dans ses pensées, elle pose une main sur son genou.

– Tu es quelqu'un de bien. Il serait temps que tu le saches.

18

Quatre ans plus tôt…

Debout contre le plan de travail, elle se hâte de terminer sa tasse de thé lorsqu'une petite boule de poils vient se frotter contre sa jambe. Nina se penche pour caresser la fourrure tigrée du chaton, puis le hisse jusqu'à son visage pour y enfouir son nez et inspirer son odeur chaude et délicieuse. Ses ronrons immédiats résonnent jusque dans sa cage thoracique et lui procurent une courte sensation d'apaisement. À travers la fourrure de Léo, elle tente d'évacuer le nœud de stress qui ne l'a pas quittée depuis la veille au soir. Le besoin de prouver, aux autres et à elle-même, qu'elle a trouvé sa voie est solidement ancré dans son ADN. De le prouver à sa famille et à Sylvia. Mais aussi à Grégoire, qui n'a pas besoin de forcer pour réussir tout ce qu'il entreprend. Elle doit se montrer à la hauteur. Cette mission n'est pas une simple mission, il y va de son honneur.

Grégoire passe derrière elle et dépose un rapide baiser dans son cou.

– Tu sais ce qu'on dit, lâche-t-il en avalant une tranche de pain de mie, après le chat… vient le bébé.

Il a dit cela sur le ton de la plaisanterie, mais Nina sait qu'il n'en est rien. Ce n'est pas la première fois qu'il y fait allusion, et les perches qu'il lui tend sont de moins en moins subtiles. Après lui avoir offert Léo, dont elle est devenue complètement gaga, il lui a demandé sans préambule quand elle comptait arrêter la pilule. Son sourire angélique dissimulait une détermination intimidante. Nina lui avait servi une de ces réponses qui n'engagent à rien, de celles qui le feraient patienter encore un peu. Reculer pour mieux sauter.

À vingt-six ans, elle se trouve trop jeune pour avoir un enfant. Ils ont encore beaucoup de choses à vivre, de voyages à faire, de gens à rencontrer, pour déjà renoncer à leur liberté. C'est ce qu'elle lui a dit, entre les lignes, et bien qu'il se soit momentanément soumis à sa loi, Grégoire ne semble pas l'entendre de cette oreille.

Grégoire aime les enfants. Tous les enfants. Les enfants d'inconnus, les bébés, les ados, les gentils, les capricieux, les turbulents. Il a cette fibre paternelle qui ne demande qu'à s'épanouir et s'exercer sur sa propre descendance. Nina entretient plutôt une indifférence courtoise envers ces bourgeons de grande personne. Elle n'a pas la patience ni la pédagogie nécessaires pour prendre du plaisir en leur compagnie. Elle les tolère quand il le faut, prétend à l'occasion s'amuser ou s'ébahir devant la prouesse d'un pas ou d'une danse avant tout pour faire plaisir aux parents avides de reconnaissance. Ces gens, autrefois comme elle, qui avaient perdu de leur lucidité en devenant créateurs de vie. Une vie qu'ils plaçaient désormais au-dessus de la leur, au-dessus de tout.

Il paraît que tout change à la seconde où l'on tient

son propre enfant dans les bras. Elle demande à voir. Heureusement, Grégoire est bien trop amoureux d'elle pour lui imposer quoi que ce soit pour le moment. Mais à force de reculer, elle sera bientôt dos au mur.

Nina et Grégoire habitent dans un joli appartement lumineux du côté de Montmartre. De leur balcon, ils aperçoivent même le Sacré-Cœur et ses trois coupoles nacrées. Nina adore ce quartier, ce village dans la ville. Les marchés, les petites épiceries, les voisins qui se connaissent. Le coin des artistes. Le quartier bobo par excellence. Elle aussi est tombée dans la marmite. Chaque fois qu'elle passe au pied de la butte Montmartre, grouillante de vie, de touristes et de talents oubliés, elle s'attarde sur les peintres de rue. Elle ressent alors un léger tiraillement dans son plexus solaire. Un manque profond enfoui sous des couches d'impératifs et de choix raisonnables. L'inconscient, toutefois, n'oublie jamais son premier amour.

Nina sort du taxi sous le crachin persistant qui semble avoir posé ses valises au-dessus de la capitale pour une durée indéterminée. Comme souvent, elle se surprend à rêver de ciel bleu, d'espaces verts, d'étendue marine à perte de vue. De silence et de gazouillis d'oiseaux. Puis elle regarde autour d'elle et rencontre le gris alentours de cette ville qu'elle a appris à aimer malgré tout, dans sa beauté minérale époustouflante.

Elle range son porte-monnaie dans son sac à main, dépouillée de deux jours de salaire empochés par un chauffeur d'humeur aussi maussade que le temps. Le taxi ne rentre pas vraiment dans son budget, mais elle veut mettre toutes les chances de son côté aujourd'hui : ne pas mouiller son brushing ni son nouveau tailleur, ne pas arriver avec les odeurs d'autres gens collées à elle. Ce matin, elle présente seule sa première mission de restructuration d'espace intérieur, tel un premier examen lancé par son employeur pour la mettre à l'épreuve. Un premier test qui pourrait tout aussi bien être son heure de gloire, elle le sait, elle le sent. Depuis le début de sa période d'essai, son patron ne cesse de lui mettre la pression, de lui faire comprendre qu'elle n'est pas au niveau du reste de l'équipe, elle, la petite nouvelle fraîchement sortie des Arts-Déco. À force de le lui répéter chaque jour depuis quatre mois, elle a fini par se persuader du bien-fondé de ces propos parfois dégradants. Jamais elle n'avait été malmenée de la sorte, rabaissée au rang de cancre d'architecte en devenir. Ne s'attendant pas à un accueil aussi hostile dans le monde du travail, dans la « cour des grands », comme se plaît à lui rappeler son boss en bombant le torse, son assurance avait brutalement chuté de son piédestal, la rendant émotive et maladroite. Friable comme un bout de bois carbonisé.

Il paraît si loin, ce jour où elle était arrivée, plus motivée que jamais, dans le prestigieux cabinet Bart & Boileau, icône de l'architecture moderne encensée dans chaque numéro de *L'Architecture d'aujourd'hui*. Foulant de sa démarche assurée le parquet en bois massif de leurs locaux, elle était prête à démontrer l'étendue de son talent, à apporter sa vision et ses connaissances tout juste entérinées dans son cerveau de diplômée. Elle s'était démarquée par son entretien et sa lettre de motivation, surpassant les dizaines d'autres candidats au poste. Elle en aurait explosé de fierté. Désormais, elle-même se trouvait en dedans, molle dans ses prises d'initiatives, creuse dans ses créations.

Aujourd'hui, elle jouait donc son salut au sein de la compagnie, mais aussi sa dignité.

Nina lisse machinalement son blazer avant de pénétrer dans la tour d'affaires, son porte-documents à la main. Réception moderne et épurée, peinture beige et faux marbre sur lequel ses talons résonnent lorsqu'elle se dirige d'un pas décidé vers l'ascenseur. La société Newtech loge ses bureaux au huitième, et tandis que l'ascenseur avale les étages, Nina se répète son speech d'introduction, celui qu'elle récitera aux patrons pour leur montrer qu'elle est bel et bien cette architecte fiable que sa boîte leur a vendue au téléphone. Malgré le stress qui lui tord les entrailles, elle se sent déterminée et confiante. Ce dossier, c'est le sien, et elle est de loin la meilleure pour en parler. Elle sait exactement comment réaménager leurs bureaux obsolètes en open spaces chaleureux et ergonomiques. Elle fait craquer sa nuque et s'encourage à voix basse, comme un gladiateur s'apprêtant à entrer dans l'arène.

Les portes de l'ascenseur s'ouvrent sur un homme plongé dans son téléphone, dos à elle, et Nina croit d'abord à un mirage. Mais lorsque ce dernier se retourne en relevant la tête de son écran, son sang se fige. Ils se regardent un instant, interdits. La stupeur se lit sur leurs traits. Sur le point de défaillir, Nina lève son bras tel un robot et appuie sur le bouton zéro dans un réflexe de survie. Les portes se referment sur le visage abasourdi de Marcel, et l'ascenseur redescend à son point de départ. Nina se retrouve dans le hall d'entrée, désorientée, livide, le cœur battant contre ses côtes et les aisselles transpirantes.

Au-delà de la surprise déplaisante, c'est sa propre réaction à ce face-à-face inattendu qui la prend de court. Une résurgence d'émotions la submergeant comme un tsunami.

Compartimenter, compartimenter, c'est la clé, s'exhorte-t-elle en faisant quelques pas pour évacuer son trouble sous le regard perplexe de la réceptionniste. Tu ne vas pas fuir, tu es plus forte que ça. Allez !

Elle se ressaisit, se tapote les joues, puis retourne dans l'ascenseur. Lorsque les portes s'ouvrent à nouveau sur le palier du huitième étage, Marcel a disparu. Nina serre sa pochette contre sa poitrine, fébrile, puis se met en quête du bureau du directeur. Elle qui trois minutes plus tôt se sentait invincible a désormais l'impression qu'elle peut fléchir au moindre courant d'air, au moindre claquement de porte.

Pendant la réunion, les yeux de Nina furètent de droite à gauche. Elle le cherche du regard derrière les vitres du bureau dans lequel le directeur et ses associés se sont réunis et s'attend à le voir réapparaître d'un instant à l'autre. Déconcentrée, elle bafouille, se trompe de fiche, se ridiculise en somme. Elle fait figure d'amatrice, d'incompétente qu'elle-même moquerait du même sourire narquois qu'elle croit apercevoir sur le visage de la femme en tailleur, assise face à elle, les bras croisés sur son opulente poitrine. Le patron, un homme maigre d'une quarantaine d'années, repose les plans et la regarde par-dessus ses lunettes rondes.

– Quelque chose ne va pas, mademoiselle Boisset ?

Elle secoue vivement la tête et tente de reprendre le fil de ses explications sans vraiment y parvenir. Les regards pèsent sur elle, interrogateurs, tranchants, la poussant un peu plus au bord de l'abîme.

Son calvaire se termine enfin et Marcel n'a pas réapparu. Elle appelle l'ascenseur, la mine défaite, consciente de son fiasco. Elle n'a plus qu'une envie, s'enfuir le plus loin possible de ce lieu maudit, loin de cet échec cuisant et du fantôme de Marcel.

Les portes sont sur le point de se refermer quand celui-ci se glisse dans la cabine, ne lui laissant d'autre choix que de l'avoir face à elle pendant la descente.

Elle appuie frénétiquement sur le zéro tandis qu'il se lance dans une tentative de discussion. Sa voix n'a pour effet que de souffler sur les braises de sa colère et les joues de Nina s'empourprent aussitôt.

– Laisse-moi, Marcel, le coupe-t-elle sans ménagement.

– On peut quand même se parler cinq minutes ! On ne s'est pas vus depuis un an.

– Justement…, grince-t-elle en s'extrayant de l'ascenseur à peine les portes ouvertes.

Il en sort à son tour et la suit de quelques pas dans le hall.

– Mais Nine…

À l'évocation de ce qui fut jadis son surnom, Nina se retourne, maîtrisant sa voix tremblante d'une main de maître. Elle détache chaque syllabe avec une froideur calculée :

– Tu n'es plus rien pour moi.

Le mensonge est à la hauteur de la colère qu'elle parvient à contenir sous son ton dédaigneux. Elle regarde Marcel se figer avec des yeux ronds, une tristesse non feinte se peignant sur ses traits et dans son langage corporel. Sa posture s'est affaissée d'un coup, comme si les fils qui le retenaient avaient été brutalement coupés. Nina évalue son effet, se détourne d'un pas assuré et pousse les portes vitrées de l'immeuble. Elle marche de plus en plus vite, elle fuit sa déconfiture et l'image de Marcel planté au milieu du hall, le cœur fendu. Au coin de la rue, sa vision se brouille de larmes et elle se heurte à un vieil homme qui vacille dangereusement sous l'impact. Son porte-documents tombe, les feuilles éparpillées sur le trottoir. Elle bredouille des excuses et s'accroupit pour ramasser la présentation qu'elle s'était appliquée à faire depuis des semaines. Les larmes coulent à présent sans retenue.

– Ce n'est rien, mademoiselle, la rassure le vieil homme en se penchant pour l'aider.

Si, c'est beaucoup. Elle a tout foiré, tout perdu.

19

Les feuilles brunes tourbillonnent en l'air avant de se poser sur le sol, rejoignant leurs congénères en un petit matelas qui craque sous la semelle. Marcel regarde le ballet du vent qui arrache les feuilles les plus coriaces aux arbres presque décharnés, un fort vent d'est qui a finalement éloigné les cumulus pour quelques heures. Les trottoirs de la capitale baignent dans la lumière de fin du jour qui filtre timidement à travers les nuages restants, comme si le soleil, trop longtemps absent, ne savait plus très bien comment faire son boulot.

Marcel en a profité pour rentrer à pied jusqu'à Boulogne-Billancourt et rejoindre l'appartement d'Anaïs. Il lui semble que les nuages chassés par le vent se sont donné rendez-vous dans son crâne, créant un brouillard dense que même ses profondes inspirations ne parviennent pas à dissiper.

Au milieu de sa brume cérébrale, le visage de Nina, lui, reste net, imprimé sur sa rétine. Ses cils recourbés maquillés d'un peu de mascara, ses cheveux raides plus longs qu'à l'accoutumée, son tailleur bleu marine, son air catastrophé en le découvrant sur le pas de l'ascenseur.

Il s'était enfui, lui aussi, s'était enfermé dans son bureau, ou plutôt dans le placard à balais qu'il partageait avec Matthias, un jeune programmeur autrichien avare de discussions. Puis il avait scruté le couloir à travers les lattes du store vénitien décrépit, guettant nerveusement le passage de Nina qui avait fini par réapparaître, la mine pâlotte. Marcel se réjouissait de ces travaux d'intérieur, soulagé à l'idée de ne plus avoir à partager ses sept mètres carrés de bureau avec ce geek asocial. Malheureusement, d'après les échos échappés de l'entretien, il savait déjà que ça ne serait pas la tâche de Nina, et qu'il en était en partie responsable.

Elle était ressortie du bureau du directeur une petite heure plus tard, les coins de la bouche affaissés et le regard au sol. Depuis sa cachette, il l'avait observé appeler l'ascenseur. Elle semblait sur le point de fondre en larmes. Il ne pouvait pas la laisser partir comme ça. Réfléchir, vite ; ou ne pas réfléchir, justement. Il était sorti en trombe du bureau, faisant sursauter Matthias et ses grandes lunettes carrées posées sur son nez.

Lorsqu'il avait réintégré le bureau, déconfit, Matthias avait fait semblant de s'intéresser à son sort. « *Ein* problème ? » avait-il questionné de son fort accent allemand qui raclait désagréablement sur les *r*, sans lever les yeux de sa suite de chiffres abrutissante.

– Rien, une fille, une amie… Bref. Laisse tomber. *Kein Problem*.

Matthias n'avait toujours pas détourné les yeux de son écran, pianotant à toute vitesse sur le clavier de son ordinateur.

– *Achtung*, Marcel, les femmes, et tout ce que ça implique, c'est dangereux pour des gens comme nous.

Exaspéré, Marcel lui avait tourné le dos pour cacher son agacement. Matthias ne savait presque rien de lui, de ses relations ou de sa vie privée. Cela ne l'avait pas empêché de le classer dans la catégorie des losers, des inadaptés, des malhabiles en amour. Cela se voyait-il tant que ça ? Heureusement qu'Anaïs était là pour le contredire.

À cette pensée rassurante, il sourit aux arbres de l'avenue Robert-Schuman et hâte le pas, les lèvres impatientes d'effleurer celles de sa sauveuse.

Marcel entend l'eau couler et la voix d'Anaïs s'élever comme à son habitude depuis la salle de bains. Elle adore chanter sous la douche, inventer des airs et fredonner des paroles absurdes qui font sourire Marcel dans la pièce d'à côté, quand il ne vient pas la rejoindre pour la faire rire ou la faire gémir de plaisir.

Marcel se laisse tomber sur le lit dont l'épaisse couette à fleurs amortit confortablement son corps lourd, bercé par le remix d'une chanson de Jean-Jacques Goldman by Anaïs. Devrait-il lui parler de l'incident d'aujourd'hui ? Il aimerait pouvoir lui confier ce qu'il ressent sans qu'elle se transforme en une tigresse prête à bondir, ce qui fut le cas lors des rares fois où il a eu le malheur d'évoquer Nina au détour d'une discussion. Il l'a appris à ses dépens : mieux vaut garder certaines choses pour soi.

Dans le doux flottement de son demi-sommeil, le bruit d'une vibration insistante quelque part dans la pièce finit par l'arracher à sa torpeur. Il ouvre les yeux, tente de capter d'où provient le grésillement nasillard. En roulant sur le côté du lit, le bruit s'amplifie, il chauffe. Posé à même le parquet, le téléphone d'Anaïs – le tout dernier iPhone qui lui a coûté les yeux de la tête – continue de bourdonner comme une mouche sur le dos. À ce prix-là, ils auraient pu donner au vibreur une tonalité un peu plus ronde, se dit Marcel en se penchant pour s'emparer du téléphone.

Anaïs n'a pas de code, elle n'en a pas besoin. Il ne viendrait même pas l'idée à Marcel de fouiller dans ses affaires, et elle ne lui donne aucune raison d'en avoir envie. Il aime cette notion de confiance, de maturité relationnelle, un concept qu'Anaïs a parfois du mal à appliquer. Mais elle est tellement ravissante quand elle cède à ses petits accès de jalousie, le teint rosé par un courroux infondé, qu'il ne sait pas lui en tenir rigueur.

Le téléphone se déverrouille avec un petit bruit de loquet et Marcel s'empresse de le mettre en silencieux afin de reprendre sa sieste inopinée. Les messages d'une certaine Pauline continuent d'arriver, mitraillant l'écran de nouvelles notifications qui attirent son œil malgré lui. Des émojis pour la plupart, des cœurs, des étoiles, des petits singes se cachant les yeux. Des trucs de filles, se dit Marcel en souriant. Au moment de verrouiller l'appareil, un autre message apparaît, beaucoup plus explicite :

J'ai envie de toi…

Son cœur est pris d'un hoquet. Le portable dans la main, il se sent un instant coupable. Au même titre que s'il avait violé l'intimité d'Anaïs, il est témoin de quelque chose qu'il n'aurait pas dû voir. Sauf que cela le concerne directement. Alors, doucement, son doigt glisse sur l'écran et le contenu des messages de Pauline apparaît dans sa totalité. Marcel remonte la conversation sans y croire. Anaïs et Pauline, ou plutôt Paul, au vu de certains messages gonflés à la testostérone, entretiennent une correspondance torride depuis des semaines.

Il se raisonne, tente de maîtriser le sentiment de panique qui entrave déjà ses connexions neuronales. Ces messages, qui de surcroît constituent sûrement la partie émergée de l'iceberg, lui font déjà l'effet d'une lame jouant du violon entre ses côtes. Il ose à peine imaginer ce qui va suivre, veut-il seulement le savoir ?

Anaïs chantonne toujours quand elle sort de la salle de bains en culotte, une serviette enroulée autour de la tête. Elle se dirige vers son placard, feignant d'ignorer Marcel qu'elle devine dans la pièce, s'exhibant en roulant des fesses pour attirer son regard. Marcel l'observe, silencieux, et perçoit la colère prendre possession de lui, chassant la peur aussi radicalement qu'un fauve sa proie. Son cul rebondi, son ventre plat, ses petits seins qui pointent avec insolence. Cela fait des semaines qu'un autre homme les connaît, des semaines qu'il a posé ses lèvres, ses mains, sa queue, sur cette peau qu'il croyait sienne.

– Tu as décidé de ce que tu voulais manger ce soir ? lance Anaïs en farfouillant dans son placard.

Elle en sort un tee-shirt blanc, l'enfile, puis retire sa serviette et se met à frotter vigoureusement sa crinière rousse.

– Allô, la Terre ?

Elle se détourne enfin du placard pour le regarder et suspend son geste face aux mâchoires serrées de Marcel. Il peut voir toutes les pensées défiler en accéléré derrière ses yeux verts. Son regard qui se pose sur le téléphone dans la main de Marcel, la connexion qui s'établit. Pauline, les messages, leur teneur. Mentir, nier, avouer, se justifier. Marcel résiste à l'envie de lui sauter dessus pour obtenir des explications. Il veut la voir s'enliser jusqu'au cou, tout en espérant secrètement une explication miracle sur cette mascarade. Il serait même prêt à la croire.

Le silence épais semble s'immiscer en lui par tous ses orifices. Sa vision du visage horrifié d'Anaïs se floute, ses oreilles bourdonnent. Il sent sa gorge s'obstruer, ne laissant plus passer qu'un mince filet d'air qu'il aspire péniblement. Dans l'attente irrespirable d'une confession imminente, il est sur le point d'étouffer.

Anaïs dépose précautionneusement sa serviette sur le radiateur.

– Ce n'était qu'un jeu, Marcel, dit-elle en s'approchant du lit, un jeu de séduction. Il ne s'est rien passé avec ce type.

Marcel ouvre la bouche, la referme. Son regard se pose de nouveau sur le téléphone et les messages enflammés qui le composent, puis de nouveau sur Anaïs qui triture ses mains, cherche ses mots. Il a l'impression de ne plus la connaître. Tout à coup, leur amour sonne aussi creux qu'un écho dans la montagne. L'écho de son cœur innocent, aveuglé de sentiments, qu'elle vient de broyer entre ses doigts crochus de séductrice.

Anaïs continue de parler, mais sa voix lui parvient par bribes, lointaine et distordue. Il est question d'un gars de son travail, volubile, charmeur, d'une attirance physique à laquelle elle aurait résisté, d'une relation épistolaire, de plus en plus osée, sans toutefois qu'ils franchissent le pas. Les pensées de Marcel se sont égarées. Il imagine Anaïs lire et écrire ces textos, frétillante, à peine il a le dos tourné. Peut-être y pensait-elle quand ils faisaient l'amour, fantasmant sur les intentions crues de son expéditeur ?

– Je ne t'ai jamais trompé. Je t'aime, conclut-elle, la voix chevrotante, à bout d'arguments devant le mutisme sceptique de Marcel.

Il dépose le téléphone sur la couette et passe devant elle pour sortir de la pièce. Anaïs agrippe son poignet, soudain agitée. Les larmes muettes d'un regret sincère coulent le long de ses joues.

– Tu dois me croire, implore-t-elle, ses boucles rousses encore mouillées gouttant sur son tee-shirt.

Marcel hoche la tête, absent. Il dégage doucement son bras, sort de l'appartement, descend les marches au ralenti. Dehors, la pluie a recommencé à tomber, le soleil a perdu son combat, résigné. Marcel offre son visage à la bruine fraîche, à laquelle se mélange discrètement l'une de ses propres larmes. Cela fait beaucoup, en une journée. Les deux femmes de sa vie l'ont mis à terre, il a été percuté de plein fouet par cette coalition féminine fortuite et brutale.

Matthias avait peut-être raison, tout compte fait. L'amour est un jeu périlleux. Et lui, il n'a jamais vraiment été un casse-cou.

20

Jour J + 1

Les au revoir se prolongent, interminables. Personne n'a envie de partir, de quitter le cocon de douceur festive dans lequel ils sont immergés depuis la veille. Antoine a déjà proposé un dernier jeu de société, un dernier digestif, une dernière photo. Tentatives touchantes pour retarder l'échéance de ce week-end qu'il avait si longtemps attendu, si minutieusement préparé.

Ce n'est pas si courant qu'ils se retrouvent tous ensemble, cela aurait plutôt tendance à se produire « une fois toutes les morts d'évêque », comme dirait Christine. Oncles, tantes, cousins avec qui Nina et son frère ont grandi, mais dont ils ne savaient plus grand-chose, faute de temps, faute d'envie. Pourquoi était-il si compliqué de se réunir ? se demande-t-elle en couvant des yeux la petite assemblée. Pourquoi faut-il attendre un mariage, un baptême ou un enterrement pour retrouver ces personnes si proches de soi et néanmoins si éloignées ? C'est peut-être ça, être une famille. Aimer des gens que l'on ne voit pas, que l'on ne voit plus, qui sont presque des étrangers, mais que l'on ne peut oublier, comme un petit bout de soi. Ces personnes racines, enfouies profondément dans la terre de notre vie, structures invisibles de notre être et pourtant pivots de notre existence.

Tout le monde s'est regroupé sur le parvis de la maison. Les promesses fusent – celles de se revoir vite, d'organiser ceci ou cela, de se donner des nouvelles – bien que nul ne soit dupe. La plupart de ces bonnes intentions, si sincères soient-elles, resteront suspendues dans le temps comme l'humidité stagnant dans l'air. Jusqu'au prochain événement familial. Heureux ou funeste.

Tandis que Marcel et Mathilde échangent leurs numéros de téléphone sous les yeux amusés de Laetitia, Nina s'éclipse et revient avec un grand paquet rectangulaire emballé dans une étoffe en soie. Elle rougit en tendant le cadeau aux jeunes mariés.

– Tenez, c'est pour vous.

Antoine défait avec précaution l'emballage rustique et reste un instant interdit en découvrant la toile qu'il tient à bout de bras. Dessus, une peinture de la vue depuis la croix de la Sainte-Victoire, un hommage qui émeut son frère plus qu'elle ne l'aurait imaginé.

– Merci, petite sœur, dit-il simplement, le regard voilé.

Il la serre contre lui et Nina retrouve l'odeur de son enfance. Celle du chocolat chaud qu'elle buvait le matin en attendant que son adolescent de frère se réveille, et des tartines au beurre qu'il se hâtait de dévorer à peine levé. Le parfum des sorties d'école quand il venait parfois la chercher, enfermant ses petits doigts potelés dans sa grande main de grand frère. Les effluves de ses petites amies dont elle était jalouse, et les dîners à quatre dans la cuisine, lorsqu'il faisait tout et n'importe quoi pour la faire rire aux éclats, sous les réprimandes de leur mère.

L'odeur d'un temps bienheureux et révolu qui vient lui picoter les yeux.

À travers la vitre de la voiture, elle adresse un dernier signe de la main à Laetitia et Antoine. Ces derniers les regardent partir, enlacés par la taille, rayonnants, confiants en l'avenir. La nostalgie comprime le cœur de Nina dans un étau familier. L'étau du temps qui s'écoule, inexorablement. Des souvenirs qui s'estompent. De cette famille d'inconnus qu'elle aime malgré tout.

De la petite fille qu'elle n'est plus.

21

Trois ans plus tôt…

Nina suit des yeux le mouvement de la courgette que Christine brandit en l'air quand elle parle, tel un chef d'orchestre. Un économe dans l'autre main, sa mère s'est lancée dans un monologue dont elle seule a le secret. De ceux qui servent à rassurer sa fille, tout en la rassurant elle-même au passage. Elle parle vite, elle parle bien, d'une logorrhée fluide et sensée, bien que redondante. Elle pointe la courgette en direction de Nina.

– Par exemple, lorsque tu es née, et lors des premiers mois de ta vie, tu ne faisais rien à part dormir, manger, pleurer et faire tes besoins. Aucun fait d'armes à ton actif, à part celui de nous empêcher de dormir ton père et moi. Aucune performance, aucune réalisation notable, et pourtant, je t'aimais déjà au-delà de l'imaginable. J'espérais seulement te voir en bonne santé, là était mon seul souhait. Vingt-sept ans plus tard, je n'ai pas plus d'attentes que cela. Le simple fait que tu respires, que tu sois dans ce monde et que tu l'éclaires de ta personnalité lumineuse me rend heureuse. Tu n'es pas ce que tu fais, Nina, tu ES Nina, et c'est déjà amplement suffisant.

Christine reprend son souffle et entreprend de peler la courgette. Les autres légumes coupés en dés patientent déjà sur le côté, les coquillettes sont égouttées, l'ail, le basilic et l'huile d'olive concassés dans un ramequin. Nina a déjà hâte d'être au dîner. La soupe au pistou, c'est un peu sa madeleine de Proust.

Le silence emplit la cuisine, seulement troublé par le léger crissement du va-et-vient de l'économe. Les propos de sa mère résonnent au creux de son oreille. Si tout pouvait être aussi élémentaire ! Seulement ça ne l'est pas. Confrontée à l'échec, sa simple valeur humaine ne suffit pas à la satisfaire. Que sommes-nous, si ce n'est la somme de nos actes ? de nos accomplissements ? Dans le bourbier qu'est devenue sa vie professionnelle, elle a l'impression de s'enfoncer un peu plus chaque jour, jusqu'à finir par disparaître des radars, engloutie par sa médiocrité et son manque de courage.

Après s'être fait gentiment remercier de son travail à la fin de sa période d'essai puis avoir intégré une entreprise de décoration d'intérieur par défaut, voire par dépit, elle a du mal à savoir qui elle est. Son gagne-pain, qui consiste à choisir des canapés, des lampes et du papier peint adaptés aux demandes des clients, l'ennuie profondément et l'a rendue ennuyeuse à son tour. Elle se croyait brillante et ambitieuse, elle se sent désormais inutile et dénuée d'intérêt.

La voix de Christine s'élève à nouveau, la sortant de son marasme intérieur.

– Je mens peut-être un peu. J'ai bien une attente te concernant.

Nina lève des sourcils interrogateurs. Christine suspend son geste et la regarde avec sérieux.

– Celle de te voir épanouie, quel que soit le chemin que tu prends.

Le problème, c'est qu'elle ne sait plus ce qui l'épanouit. Car à force de prêter attention à ce que l'on pouvait penser d'elle, elle a fini par oublier de s'écouter. Anesthésiée de ses envies profondes, elle erre dans l'attente d'un signe, d'une prise de conscience qui ne vient pas.

Sans même s'en rendre compte, Nina s'est toujours démenée pour être à la hauteur. Travailleuse, bonne élève, dégourdie, populaire. Habitée d'une volonté féroce d'être la meilleure, elle n'a jamais vraiment connu d'obstacles, ou si peu, bravant les cours et les activités extrascolaires avec virtuosité et panache. Violon, peinture, judo, elle excellait en tout, se délectant de la fierté qu'elle décelait dans les yeux de ses parents et de l'admiration parfois envieuse qu'elle lisait dans ceux de ses camarades. Alors elle a continué à faire ce qu'on attendait d'elle, comme un robot programmé pour réussir. Jusqu'à aujourd'hui, jusqu'à avoir heurté un mur de plein fouet, et en avoir perdu tous ses repères. Il aura suffi d'un seul échec pour que s'effondre le château de cartes de sa confiance. Isolée par sa réussite, elle s'est peu à peu coupée des autres, recluse avec ses idées noires et sa paranoïa. Jusqu'à en questionner le sens même de sa vie.

Lorsqu'elle réintègre son appartement parisien le week-end suivant, ragaillardie par les heures de coaching de sa mère, elle décide de s'essayer de nouveau à une activité qui, jadis, et indépendamment du résultat, la rendait heureuse. Du moins dans ses souvenirs. Elle achète le matériel nécessaire dans une quincaillerie, puis installe son attirail et un petit tabouret devant la fenêtre de leur chambre, la pièce la plus lumineuse de l'appartement. Une fois devant le chevalet, elle hésite, privée de ses réflexes d'antan. Allez Nina, c'est comme le vélo, ça ne s'oublie pas. Les yeux clos, elle tente de se connecter à une partie de son âme laissée depuis trop longtemps sur le bas-côté de la route. Elle lève son pinceau vers la toile, le baisse, s'imprègne de l'instant, de ce retour aux sources qui réhydrate ses sens assoiffés. Doucement, au fil des heures, puis au fil des jours, son instinct ressurgit, s'aiguise jusqu'à guider sa main pour faire danser le pinceau sur la toile.

C'est comme ça qu'elle peint le mieux, lorsque l'inspiration vient d'ailleurs, d'une force supérieure. Elle rentre dans sa bulle, dans un monde où rien ne peut l'atteindre, pas même les baisers de Grégoire dans son cou ou ses mains sur ses seins quand il essaie de la déconcentrer par tous les moyens. Elle est imperméable à tout. Les heures s'écoulent comme des minutes, aucune pensée parasite ne vient interférer entre sa peinture et elle. Elle comprend mieux pourquoi sa mère a tout abandonné pour vivre cette immersion totale au pays de son imagination.

En renouant avec son penchant viscéral, elle sait désormais qu'elle ne pourra plus vivre sans. Pas une seconde fois.

C'est lors d'une de ces soirées en galante compagnie

de sa peinture qu'elle entend Grégoire s'approcher, s'adressant à quelqu'un au téléphone :

– Je te la passe.

Il met la main sur le combiné et doit l'interpeller à plusieurs reprises avant qu'elle daigne répondre par un « Hum ? » absent.

– C'est Romain, il veut te parler.

– Dis-lui que je le rappellerai.

– Il m'a dit que tu lui avais déjà répondu ça la dernière fois.

Nina se retourne enfin, une contrariété dans l'œil. Elle tenait quelque chose au bout de son pinceau, et maintenant, le momentum est passé. Grégoire lui tend le combiné. Comme à son habitude, Romain n'y va pas par quatre chemins. La situation exposée, il ajoute, un brin autoritaire :

– Si tu ressens encore un peu de tendresse pour lui, va le voir. Il a besoin de nous, de toi.

Le samedi suivant, Nina se retrouve devant l'entrée du club d'échecs. La façade aurait bien besoin d'un coup de frais. Les murs fissurés ici et là semblent abriter un immeuble désaffecté plutôt qu'un club de loisirs. Discrètement, elle se met à la recherche de Marcel derrière la petite vitre rectangulaire de la porte battante, puis le repère, assis seul à une table, un peu en retrait. Elle plisse les yeux et observe son profil. Les épaules voûtées, il fixe le plateau d'un regard vide. Il a changé. Ses traits juvéniles ont cédé la place à un visage plus affirmé, une mâchoire plus dessinée que ses cheveux coupés court mettent en valeur. Il est mieux habillé, aussi. Il a délaissé ses éternels sweat-shirts pour un polo blanc et un blouson noir, pendu au dossier de sa chaise. Il paraît un peu perdu. Nina inspire, pousse la porte et traverse la distance qui les sépare. Elle choisit l'effet de surprise et, sans s'annoncer, tire la chaise en face de lui pour s'y installer. C'est réussi, les yeux de Marcel s'arrondissent, sa bouche s'entrouvre, puis, dans un geste d'une spontanéité désarmante, il lui prend la main et la serre par-dessus le plateau. Elle la laisse un instant contre sa paume chaude, un contact qui lui rappelle le bon vieux temps. Mais bien vite elle se dégage.

– Que s'est-il passé ? demande-t-elle de but en blanc.

– Elle m'a quitté, pour un autre.

Il n'ajoute rien, c'est inutile. Nul besoin de lui raconter la longue et éreintante détérioration de son couple. Les supplications d'Anaïs pour qu'il la pardonne, ce qu'il avait fait, pauvre de lui. Parce qu'il ne pouvait pas concevoir de la perdre, quoi qu'il en coûte. Alors il valait mieux abandonner un peu d'estime et de confiance. S'ensuivirent les doutes, la suspicion persistante, les voix qui haussent le ton et puis se taisent, les portes qui claquent. Son pardon n'avait pas été suffisant. Trois mois plus tard, elle était partie avec le fameux « Pauline ». Échec et mat.

La souffrance perce dans sa voix, mais Nina ne se laisse pas attendrir. La rancœur est tenace, tatouée sur son âme en un rempart protecteur. Elle garde le silence et un visage impassible. Marcel joue avec un cavalier, rougit, puis plonge ses yeux bleu clair dans les siens.

– Je suis désolé, Nina. Désolé de t'avoir fait de la

peine. Désolé d'avoir sacrifié notre amitié. Je pensais n'avoir pas d'autre choix, je pensais bien faire… Mais j'ai été égoïste et je comprendrais que tu ne me pardonnes pas.

Une onde de chaleur parcourt Nina, faisant fondre ses défenses comme neige au soleil. Un ange passe, avec leurs regards pour seuls interlocuteurs, retissant en silence le lien brutalement coupé. Quand elle reprend la parole, Nina se force à adopter un ton neutre.

– Bon alors, qu'est-ce que tu deviens ?

Marcel se sent reprendre des couleurs, aussi sûrement que s'il s'exposait à un doux soleil de printemps après une trop longue hibernation. Nina est là, elle est revenue, lui a pardonné. Ou s'apprête à le faire, sinon elle n'aurait pas pris la peine de se déplacer. La dureté de son visage lui fait réaliser à quel point elle lui en a voulu, à quel point elle a souffert de son éloignement soudain.

Rapidement, la conversation devient fluide, ininterrompue, à l'instar d'une discussion entamée la veille. Tandis qu'il lui raconte quelques bribes de ce qu'a été sa vie pendant l'entracte de leur amitié, et qu'il l'écoute ensuite se confier peu à peu, méfiante, une certitude le percute. Il la regarde parler, ses lèvres bougent mais pendant quelques secondes, il ne l'entend pas. À la place, il détaille son visage, ses pommettes hautes et son front volontaire, son petit grain de beauté sur la joue et les grosses créoles qui pendent au lobe de ses oreilles.

– Hey Dubourg, tu m'écoutes ? Ou tes cinq minutes

d'autonomie sont déjà écoulées ? lui lance-t-elle les sourcils froncés, non sans un petit sourire en coin.

Reconnecté à l'audio, il hoche la tête, habité par la promesse qu'il vient de se faire. Un devoir plus qu'une promesse : il ne la fera plus jamais souffrir.

22

Christine referme le clapet de son ordinateur en soupirant. Trois jours, pas une ligne. Le syndrome de la page blanche, dans toute sa splendeur. Elle ne pensait pas que cela lui arriverait un jour, tant elle a de choses à dire, et par conséquent à écrire. Elle doit pourtant se rendre à l'évidence, elle est à court d'idées, et ce constat l'enveloppe d'une légère inquiétude teintée de frustration. Et si soudain, elle n'y arrivait plus ? Si elle avait épuisé son quota d'histoires et d'allégories inspirées pour ne devenir désormais qu'une auteure au phrasé laborieux ?

Une fois de plus, son regard se perd dans les bougainvilliers encadrant le bord extérieur de la fenêtre. Quelques abeilles y butinent çà et là, appliquées à leur tâche et indifférentes à son sort. Ils auraient pu déménager, avec Gérard, après les ventes de son premier best-seller. Avoir une maison plus neuve, plus grande, moins proche de leurs voisins. Ils avaient même entamé des recherches, visité des villas modernes impersonnelles et des mas provençaux posés sur des hectares de terrain avec piscine. Toutes ces maisons avaient cependant un problème en commun. Elles n'étaient pas la leur. Cette petite maison carrée avec son toit de tuile, ses murs ocre défraîchis et son jardin envahi par une végétation abondante qu'ils se refusaient à maîtriser. Ce lopin de terre qu'ils avaient acheté juste après leur mariage et qui avait vu leurs enfants grandir, faire leurs premiers pas, leurs premiers coups de pédale, leurs premières boums dans le garage. Elle n'avait pu se résoudre à quitter l'âme de ces lieux, si vieillotte fût-elle, ni le majestueux bougainvillier dans lequel son regard partait chercher un mot manquant, une idée de génie.

Cela fait trois jours qu'elle ne parvient pas à se concentrer, à s'immerger dans cette histoire dont elle doit rendre le manuscrit dans seulement un mois. Victime de son succès, elle doit écrire plus, plus vite : ordre de sa maison d'édition.

Un bon problème, affirme-t-elle avec fierté.

Elle adore ça, de toute façon, et n'avait jamais eu de panne d'inspiration. Jusqu'à il y a trois jours.

Depuis soixante-douze heures, le visage déconfit de Nina ne cesse de venir s'interposer entre ses doigts et les touches de son ordinateur, s'infiltrant dans sa bulle créative d'ordinaire imperméable. Lors de sa dernière visite, Nina avait à peine touché à ses repas, elle dont l'appétit gargantuesque faisait toujours plaisir à voir. Ses yeux semblaient vides, sa voix emplie de lassitude. La petite flamme de sa fille, celle qui la rendait si vivante, têtue et attachante, était sur le point de s'asphyxier. Elle la sentait abattue, déboussolée, sans pouvoir y remédier, malgré ses tentatives persuasives pour lui redonner confiance.

Quelle était sa responsabilité en tant que mère dans

tout ça ? L'avait-elle trop poussée ? Trop couvée ? Trop influencée ? Au lieu de l'aider à étudier pour obtenir de bonnes notes et réussir dès le plus jeune âge, n'aurait-elle pas dû lui apprendre à méditer, à respirer, à être heureuse ?

Aurait-elle dû l'écouter et l'encourager davantage à devenir peintre plutôt que de l'inciter à suivre une voie plus confortable mais finissant par inhiber sa joie de vivre ?

Elle n'avait pas été confrontée à ce dilemme avec Antoine. Ce dernier n'avait cure de briller sur le plan professionnel, et son manque d'ambition avait toujours eu le don d'agacer Christine. Tout ce qu'il désirait, c'était trouver l'amour, se marier, fonder une famille. D'où ses tentatives, par deux fois malheureuses et précipitées, d'arriver à ses fins. Mais Nina n'était pas comme ça, c'était une compétitrice, une jusqu'au-boutiste avide de reconnaissance, et elle n'avait pas su s'adapter. Grisée par ses facilités, par les éloges de ses professeurs et l'avenir brillant qui s'offrait à elle, Christine n'avait pas eu la sagesse de lui dire à temps que là ne se trouvait pas le bonheur, ni sa valeur en tant que petite fille, puis en tant que femme.

Christine s'empare de son calepin et d'un stylo. Elle doit avancer, pressée par la date butoir qui approche à grands pas. Pour l'avoir souvent expérimenté, elle sait que l'encre et le papier réveillent son imagination et que le simple bruit de la bille sur le grain de la feuille ranime son esprit et donne vie à ses personnages. C'est sa dernière chance de sortir quelque chose, quoi que ce soit.

Elle laisse le stylo faire son chemin sur la page, sans

vraiment y penser, jusqu'à ce qu'elle réalise que les mots qu'elle y pose n'ont aucun rapport avec son livre.

Alors elle continue, elle griffonne à présent sans interruption, noircissant les feuilles blanches du calepin l'une après l'autre. Ses maux de mère épanchés sur le papier, elle rature, corrige, synthétise. La thérapie par l'écriture, elle n'a jamais rien trouvé de mieux. Cela lui avait épargné bien des heures de consultation chez le psy.

À la fin de ses retouches, elle parcourt la double page de son calepin à bout de bras.

Nina, ma fille,

Le simple fait d'écrire « ma fille » me remplit d'un bonheur que tu n'imagines pas. Ce n'est rien d'exceptionnel, me diras-tu, des millions de personnes peuvent se vanter de pouvoir commencer une lettre ainsi. Certes, mais tu ne sais probablement pas à quel point je suis heureuse que ce soit toi celle qui se cache derrière ces deux petits mots ordinaires, les rendant tout simplement extraordinaires.

Je sais ce que tu vas te dire si un jour tu lis ces mots. Encore l'une de mes tirades où je m'écoute parler plus qu'autre chose, où je me regarde écrire plus qu'autre chose ! Je ne t'en blâme pas, ma Nina, il y a sûrement un peu de vrai là-dedans. Ce n'est pas pour rien que j'ai décidé d'en faire mon métier, d'ailleurs. Pourtant, mon laïus ne me concerne pas aujourd'hui, il concerne une petite fille espiègle, aux émotions à fleur de peau, au rire contagieux et à l'énergie débordante, désormais devenue une femme au grand cœur mais dont l'estime s'est égarée en chemin, étouffée par une impitoyable exigence de vie.

Une exigence qui fait de toi celle que tu es, mais qui empêche aussi celle que tu pourrais être d'exister.

Je sais que tu n'es pas satisfaite de toi-même en ce moment, que tu te mets plus bas que terre, que tu penses ne rien valoir. Cela dure depuis un moment. Cela se voit dans tes yeux ternis par ce que tu considères comme une carrière loupée, que dis-je, peut-être même une vie *loupée ? Tout ça pour quoi ? Pour des résultats que tu estimes ne pas être à la hauteur de tes attentes, ou des attentes des autres, des nôtres... à la hauteur de cette barre que tu as placée si haut depuis que tu es toute petite, et que tu as pris soin de ne jamais, au grand jamais, revoir à la baisse.*

Si tu savais, ma Nina... à quel point ces auto-injonctions alourdissent notre bagage, nous coupent de nos intuitions et nous freinent dans notre élan de vie. Comme un boulet attaché sciemment à notre pied, sous prétexte de reconnaissance et de réussite sociale.

Pourtant, ce que l'on emporte avec soi jusqu'au bout, ce ne sont pas les feuilles de paie, les promotions, ou les louanges d'une société qui ne signifie rien pour nous, encore moins les accomplissements éphémères à qui nous seuls donnons de l'importance. La seule chose qui reste lorsqu'on fait le bilan de sa vie, ce sont les gens qu'on aime, les moments de partage, les rires, l'amour. Nous ne sommes riches que de ça, Nina. Et ce que les gens gardent de nous, ce ne sont pas nos victoires, ni notre statut social, mais notre lumière, notre courage et notre bienveillance. Là se trouve notre plus bel héritage.

J'aurais dû te l'enseigner quand tu étais petite, te le répéter jusqu'à t'en convaincre. Pardonne-moi d'avoir oublié l'essentiel, de t'avoir laissée grandir en pensant que tes aptitudes faisaient de toi celle que tu étais, que tes échecs et tes succès définiraient ta valeur. Quand ce que tu es suffit à faire de toi la personne la plus merveilleuse au monde.

Nous avons fait de notre mieux, ton père et moi, guidés par l'amour infini que tu as insufflé dans notre vie. Mais comme tous les parents, nous n'avons sans doute pas réussi parfaitement. Car la perfection n'existe pas, Nina, elle est même très mauvaise conseillère. Alors ose, lâche-toi la grappe et vis comme tu l'entends, comme tu le mérites. N'aie pas peur d'essayer, de tomber, de faillir. « Le succès n'est pas final, l'échec n'est pas fatal : c'est le courage de continuer qui compte. »

Merci, ma fille chérie, de faire de nous les parents les plus comblés du monde. Je te souhaite de connaître à ton tour, un jour, un amour aussi fort, aussi inconditionnel, qui te fera sentir vulnérable et invincible à la fois.

Ta maman qui t'aime

Satisfaite, elle arrache les pages et les plie soigneusement dans une enveloppe qu'elle range dans le tiroir du bureau. Elle la donnera à sa fille en temps voulu. Puis elle rouvre le clapet de son ordinateur et, avec un sourire soulagé, se met à pianoter les premiers mots de son dernier chapitre.

23

Romain se réveille en sursaut, le front moite, les yeux papillotant dans le noir. Il saisit l'oreiller à côté de lui pour le presser sur son visage et y enfouir un gémissement animal. Il y flotte encore l'odeur entêtante du parfum de Louise – ou bien est-ce Lisa ? Il ne sait plus. Sa peau était douce, son parfum un peu fort et son orgasme timidement étouffé contre sa main. À peine débarrassé du préservatif qui pendouillait au bout de son sexe, il lui a gentiment demandé de partir, ce qu'elle a fait, honteuse et silencieuse, après s'être rhabillée dans la pénombre. Les câlins post-coït ne l'intéressent pas. Pas la peine d'être faux jeton. Il aimerait trouver un quelconque plaisir à sentir une fille se lover contre lui, heureuse et rassasiée du don de son corps, mais il n'y arrive pas. Son propre orgasme consommé, il n'a plus qu'une envie, se retrouver seul.

Il a essayé, pendant des années, de tomber amoureux. Il a cherché l'étincelle, le déferlement d'hormones, les papillons dans le ventre. La fille qui lui ferait perdre la tête. « Des conneries », a-t-il conclu après avoir compris que son cœur était de marbre. « Avant d'aimer quelqu'un d'autre, il faut commencer par s'aimer soi-même », lui avait dit Marcel un soir de déprime, citant sa mère. Depuis, il comprend mieux certains de ses comportements. Alors il a abandonné sa quête et répond désormais à ses besoins d'homme en se faisant jouir devant des films porno ou avec des filles de passage qu'il harponne à sa guise avec pour appât sa belle gueule de ténébreux.

La vérité, c'est qu'il n'aime personne, à part Marcel. Mais ce n'est malheureusement pas lui qu'il a envie de mettre dans son lit.

La tête dans l'oreiller aux effluves poudrés, il tente de chasser les images du cauchemar. Toujours le même. Encore et encore. L'accident. Un corps qui traverse le pare-brise pour venir s'échouer sur le capot avant, ensanglanté. La voiture était à l'arrêt, garée en double file devant une école. Sandrine venait y chercher son fils, elle avait retiré sa ceinture pour l'attendre avec l'excitation délicieuse de voir le visage poupon de son garçon franchir le grand portail d'un instant à l'autre.

Romain s'extrait des draps qui collent à sa peau et se lève pour tituber jusqu'à la salle de bains. Dieu qu'il aurait envie de s'en rouler un, d'y diluer sa colère et ses souvenirs ! Il passe son visage sous l'eau froide, mais cela ne suffit pas à effacer ce cauchemar visqueux qui continue de faire pulser son sang jusque dans ses tempes.

Sortant tout juste de l'école, Joseph avait tout vu, immobile sur le trottoir d'en face. Pétrifié. Des pleurs d'enfants, des cris d'adultes parvenaient à Romain de plus en plus distinctement à mesure qu'il reprenait conscience, légèrement assommé par son airbag. Une voix suraiguë se détachait cependant de toutes les autres : « Mamaaaaan ! »

Après ses prises de LSD, le doute n'était jamais permis, qu'importe le quotient d'absurdité des idées qui ne manquaient pas de lui passer par la tête. Les filtres de logique et de cohérence levés, ne subsistaient que ses hallucinations et ses fantasmes, dans le plus simple appareil. Cette fois, il avait cru pouvoir s'envoler s'il accélérait suffisamment. Les avions le faisaient bien, pourquoi pas lui ? Il pouvait tout aussi bien disparaître dans une traînée de pneus enflammés, comme dans *Retour vers le futur*. Dans tous les cas, il se passerait forcément quelque chose.

Au bout de la rue, convaincu de son pouvoir de super-héros, il avait ri, d'un rire fou et délirant, puis écrasé de toutes ses forces son pied sur l'accélérateur. Deux, trois secondes maximum, suspendues dans le ronflement du moteur surchauffé. La brutalité du choc, le bruit de la tôle froissée, du verre brisé, le silence, les cris. Il revit la scène presque toutes les nuits. Et réalise toutes les nuits sa chance de n'avoir tué personne. Pas même lui, si tant est que ce soit une chance. Pas sûr.

En relevant la tête, il se retrouve face à son pire ennemi, les yeux cerclés de cernes violacés et les cheveux noirs et hirsutes. De petites gouttes d'eau ruissellent de son arcade sourcilière, où se dessine une mince cicatrice, stigmate insignifiant de l'accident. Il revoit Sandrine, son visage presque défiguré, son corps maigre appuyé sur une béquille, et envoie un poing rageur dans le miroir. Son reflet se brise en mille morceaux. Tout comme le rêve de sa vie, également réduit en cendres ce jour-là. Ses plaidoiries et sa robe d'avocat envolées, sabotées.

Et le serment au barreau de Paris, maintes fois répété, qui ne franchira jamais les murs de sa chambre.

Du sang échappé de ses phalanges tailladées se mêle aux éclats de verre, mais Romain est devenu insensible à la douleur. Ses souvenirs ont pris ses sens en otage, tandis que son corps se recourbe au-dessus du lavabo.

Il se revoit quelques années auparavant, acclamé en vainqueur à l'issue du concours de plaidoiries, sublimé par le rail de cocaïne qu'il s'était enfilé dans les toilettes avant d'entrer en scène. Une glorieuse mascarade. Un passé piétiné par ses soins.

Il se hait.

24

Jour J + 1

La silhouette des arbres bordant l'autoroute se découpe dans la lumière de la fin du jour. Nina est au volant, Marcel à la musique. Il connaît par cœur ses goûts, et elle fredonne gaiement sur une chanson de Ed Sheeran tout en observant le paysage. Cette portion de l'autoroute A8, enclavée au pied des roches rouges de l'Esterel puis du massif des Maures, est un régal pour les yeux. Au loin, les villages perchés s'illuminent peu à peu, venant compléter harmonieusement le tableau aux teintes orangées.

Le visage de Marcel alterne entre la route et son téléphone sur lequel il ne cesse de pianoter avec un sourire niais. Le *bip* récurrent notifiant un message de Mathilde commence à agacer Nina. Elle se replonge dans le crépuscule rougeoyant et se laisse gagner par les pensées en fouillis, les souvenirs éparpillés. Les ramifications de sa mémoire l'entraînent sans cohérence d'un point à un autre, du présent au passé, du passé au conditionnel. Tout ça à la vitesse grand V.

– Tu voudras des enfants, toi ?

La question a spontanément franchi ses lèvres, sans aucun filtre entre sa pensée et sa parole. Elle la regrette presque immédiatement.

Marcel la regarde, réfléchit.

– Je ne sais pas, pour être honnête. Ça dépendra peut-être de la personne avec qui je ferai ma vie.

Il rajoute après un autre moment de réflexion :

– En tout cas, je pense que l'on peut tout à fait être heureux sans enfant, ce n'est pas une condition *sine qua non*. Pour moi, du moins.

Ils n'ont jamais eu cette discussion, et Nina s'en étonne. Peut-être parce que avant trente ans, c'est un peu moins d'actualité. Avant trente ans, les centres d'intérêt sont autres, et ils ont le droit de remettre ça à plus tard, de l'évoquer comme d'une vie ultérieure qu'ils auront le temps de voir venir. Passé la trentaine, en revanche, le sujet revient sans cesse sur le tapis, rattrapés par de nouvelles responsabilités qui soudain devraient leur incomber. Procréer, perpétuer les gènes, comme la condition animale de l'homme le lui souffle depuis la nuit des temps.

Sans qu'il s'en doute, la réponse de Marcel la soulage, et elle se retient de lui dire à quel point elle est d'accord avec lui. Il a beau faire partie de ceux qui la connaissent le mieux, il y a encore des choses sur elle qu'il ignore.

– Et toi ?

Cette question la hante trop pour qu'elle ait envie de s'attarder davantage sur le sujet.

– On verra le moment venu, répond-elle, laconique, en gardant les yeux sur la route.

Néanmoins, quelque chose sonne faux dans le silence

qui envahit de nouveau l'habitacle. Elle ne peut pas se contenter de cette réponse toute faite, de cette phrase dénuée d'âme et de franchise, pas avec Marcel. Lui seul peut s'infiltrer par l'embrasure de la porte qu'elle vient d'entrouvrir et qu'elle s'apprêtait à refermer à la hâte. Lui seul peut recueillir sa confidence sans en abîmer l'essence, sans en juger le contenu. Alors elle entame son récit et livre dans les moindres détails son secret si bien gardé, et qu'elle pensait ne jamais avouer.

À la fin de sa confidence, Marcel pose une main sur son bras raidi agrippé au volant. Elle ne s'est pas rendu compte des larmes inondant ses joues, échappées en même temps que le poids de son secret.

Désormais, il est le seul à connaître la vérité, toute la vérité.

25

Deux ans plus tôt…

Assise sur la cuvette des toilettes, elle n'a pas pris la peine de remonter sa culotte qui traîne par terre, entre ses pieds. Ses forces l'ont abandonnée. Elle ne peut plus bouger d'un iota. Dans sa main, elle tient le petit stick dont la mèche est désormais jaunie par son urine, mais elle ne le regarde pas. Elle fixe un point du carrelage devant elle, un petit bout manquant dans la céramique, cassé le jour où Grégoire a mal calculé son coup en montant le meuble de la salle de bains. Son intelligence ne s'applique pas à ses talents de bricoleur. Ils en avaient tant ri que Nina avait eu des crampes aux abdominaux, accroupie sur cette même cuvette afin de soulager ses muscles endoloris. Ce petit bout de carrelage endommagé paraît si lointain. Elle voudrait s'y accrocher pour remonter dans le temps, pour retrouver l'insouciance qui était encore la sienne il y a quelques jours.

Nina jette un œil vide au test de grossesse entre ses doigts, mais les dix minutes ne sont pas encore écoulées. Alors son regard s'attarde sur son annulaire gauche. La jolie bague sertie d'un petit diamant ne l'a pas quittée depuis cet après-midi où Grégoire a mis un genou à terre, quelques semaines plus tôt. Il l'avait emmenée en week-end à une heure de route de Paris, tout près de la forêt de Fontainebleau. La forêt, que Nina ne connaissait pas, est un immense labyrinthe d'arbres hauts, de rochers ronds et de sentiers à peine balisés. Dense et profonde, c'est une forteresse impénétrable au réseau téléphonique, si bien qu'à peine sa demande faite, et acceptée, ils s'y étaient perdus, incapables de retrouver leur chemin sans une aide satellitaire. Ils étaient de toute façon si heureux qu'ils en avaient ri, ri à en pleurer, même lorsque la pluie s'était invitée, venant souligner l'aboutissement de leur débâcle. Ils s'étaient regardés, leurs visages ruisselants et offerts à l'averse, puis avaient dansé leur amour, main dans la main, au milieu des troncs silencieux et de la terre gorgée d'eau.

Jusqu'à ce que Nina, rattrapée par le sombre voile d'humidité enveloppant peu à peu la forêt, rouspète contre le sens de l'orientation inexistant de son fiancé fraîchement promu.

Elle n'avait plus eu ses règles depuis.

Sa main tremble comme une feuille. Une deuxième barre est apparue sur le lecteur du test et Nina est aspirée dans un tourbillon sans fond. Elle se lève en oscillant, se rhabille et se lave les mains, le cerveau en compote, incapable de procéder à une analyse rationnelle de la situation.

Elle observe le savon mousser sur ses doigts, la matière

légère gonfler et libérer de minuscules bulles qui viennent éclater à la surface. Une écume similaire sature son esprit, plongeant ses pensées dans un bouillonnement assourdissant.

Elle est enceinte, Grégoire et elle vont être parents. Des parents avec un rejeton, un vrai, avec une nouvelle organisation, une toute nouvelle vie. Dans moins d'un an, elle sera mariée et maman. La vision, vertigineuse, s'impose dans son esprit confus, faisant éclater ses synapses une à une.

Dans moins d'un an, ils seront une famille.

Elle se retourne brutalement vers les toilettes et y vomit son petit déjeuner.

*

Romain et Marcel sont avachis sur le canapé du salon, écrasés par la chaleur moite qui règne dans le petit appartement sans climatisation malgré le jour déclinant. Le corps à l'horizontale et la nuque à angle droit, ils regardent une émission de télé-réalité qui leur donne l'impression d'immoler leurs neurones les uns après les autres, carbonisés par l'ineptie du contenu audiovisuel qu'ils absorbent sans broncher.

– Alors comme ça, Nina va se marier, énonce Romain sans quitter l'écran des yeux.

– Hum, hum.

– C'est génial pour elle, elle a l'air tellement bien avec Grégoire.

Marcel hoche la tête silencieusement, priant pour que

Romain ne le pousse pas dans ses retranchements. C'est mal le connaître.

– Bientôt, ils vont nous faire un petit.

Cette fois, Romain s'est tourné vers lui et lui adresse un sourire provocateur. Marcel l'ignore et se force à conserver son sang-froid.

– Tant mieux pour eux, répond-il sans conviction, les yeux rivés sur une blonde peroxydée qui peine à aligner deux phrases grammaticalement correctes à la suite.

Le silence retombe, bien que Marcel puisse encore sentir le regard de Romain posé sur lui. Lorsque celui-ci reprend la parole, son sourire a disparu.

– Tu vas arrêter de me prendre pour un con ?

Romain s'est rapproché de lui et le fixe de ses yeux noirs.

– Quand est-ce que tu comptes lui dire ?

– Lui dire quoi ? commence à s'impatienter Marcel en remuant sur le canapé.

Romain ne répond pas. Il comprend qu'il ne sert à rien de lui mentir. Son meilleur ami a toujours vu clair en lui. Marcel se renfrogne davantage.

– C'est pas le bon moment.

– C'est le moment ou jamais, tu veux dire, réplique Romain, cynique.

– Eh bien, ce sera jamais. Elle est heureuse et ce serait totalement égoïste et déplacé de ma part de faire ça.

Romain hausse légèrement le ton.

– Qu'est-ce que tu as à perdre ?

– Tout, justement ! s'emporte Marcel. Elle, surtout. Et ça c'est hors de question. Je ne prendrai pas le risque de la perdre une seconde fois, ni de gâcher son bonheur.

– C'est le tien que tu gâches.

Marcel bouillonne, il déteste la manière qu'a Romain de remuer le couteau dans la plaie lorsqu'il sent qu'il tient un os. Malgré le fond de vérité, la forme laisse fortement à désirer.

– Elle ne veut pas de moi de toute façon, tu le sais bien ! Je ne vais quand même pas me ridiculiser.

– Mieux vaut être ridicule que d'avoir des remords.

– Tu as réponse à tout, en fait !

Marcel s'extirpe du canapé, agacé. Il aimerait s'isoler quelque part, dans sa chambre par exemple, mais sa chambre et le salon ne font qu'un, et il n'a d'autre choix que de s'emparer de son trousseau de clés.

– Je vais faire un tour. À toute.

Les mains dans les poches de son short, Marcel rumine, puis se calme au fur et à mesure qu'il bat le pavé. Fataliste, il visualise la scène qui aura lieu dans quelques mois, qu'il le veuille ou non.

Avec un pincement au cœur, il regardera Nina remonter l'allée, époustouflante dans sa robe de mariée, ses cheveux blonds ondulés pour l'occasion. Grégoire l'attendra devant l'autel, fier comme un pape dans son costume saumon et sa cravate anthracite, parce que Grégoire peut tout se permettre. Il les entendra prononcer leurs vœux d'amour et de fidélité, ceux qui font toujours verser une larme à Nina, larme qu'il fait semblant de ne pas voir. Et peu à peu, il se rendra à l'évidence. Il restera toujours

Marcel, le bon copain. Mais il sera là au moins, quelque part dans la vie de Nina.

« Si quelqu'un s'oppose au mariage, qu'il parle maintenant ou se taise à jamais. » Lui revient cette phrase si connue des comédies romantiques. Mais il se taira. Et peut-être qu'un jour, il connaîtra ce bonheur à son tour. Il n'y a pas encore renoncé.

26

Des années se sont écoulées depuis qu'il a poussé le portail vert pour la première fois. Il a beaucoup pensé à lui, au jeune homme qu'il était en train de devenir, aux séquelles que l'accident avait pu laisser sur son passage. Trop souvent, au milieu de la nuit, Romain s'était demandé à quoi ressemblait sa vie et si sa colère s'était estompée. Alors, un jour, capuche sur la tête et lunettes de soleil sur le nez, il s'était discrètement adossé contre un poteau à distance du portail vert de chez lui. Son accoutrement n'avait cependant pas eu l'effet escompté et les quelques personnes qui passaient à proximité l'avaient regardé d'un air suspicieux.

Heureusement, il n'en était rien pour Joseph. À chaque fois, l'adolescent sortait de chez lui, un casque de musique sur la tête, et empruntait le trottoir, les yeux rivés au sol ou sur son téléphone. Cela faisait quelques jours que Romain le suivait dans la rue jusqu'au collège, sans savoir exactement ce qu'il attendait de sa filature.

Jusqu'à présent, il avait seulement pu constater que le petit garçon s'était transformé en un grand gaillard de quinze ans aux cheveux bruns hirsutes, tout comme lui, et qu'il ne semblait pas très bien dans ses baskets. Romain repérait ce genre de choses à des kilomètres. Une sorte de radar des gens torturés. Des gens comme lui.

Mais aujourd'hui est un jour différent. Au lieu d'aller à droite en sortant de chez lui, Joseph tourne à gauche tout en lançant de petits coups d'œil méfiants par-dessus son épaule. Romain flaire ce qu'il cherchait depuis le début. Un secret, une faille. Il n'est donc pas surpris de le voir au coin d'un vieux bâtiment, deux cents mètres plus loin, converser avec un autre adolescent plus âgé au crâne rasé. Après avoir remis deux ou trois paquets d'herbe à Joseph, le crâne rasé sort de sa poche un autre type de sachet contenant une poudre blanche, que Romain connaît bien. Il sent de la bile acide remonter le long de son œsophage. Il renifle, se frotte le nez par automatisme et, sans réfléchir davantage, se dirige vers eux. Au moment où Joseph s'apprête à tendre discrètement un billet au dealer, Romain s'approche et pose une main sur son bras.

– Joseph, ne fais pas ça.

– Nan mais ça va pas ou quoi ? se rebiffe l'adolescent en retirant brusquement son bras. T'es qui ? On se connaît ?

– Oui, et je connais aussi très bien ce que tu fais. Romain abaisse sa capuche et retire ses lunettes noires. Je suis Romain, le conducteur qui…

En voyant la moue de dégoût se peindre sur le visage de Joseph, il ne parvient pas à terminer sa phrase. Sans demander son reste, le dealer s'empare du billet et presse le pas dans la direction opposée. Joseph le regarde partir, rouge de fureur.

– Putain, mais regarde ce que t'as fait ! Il ne va plus rien vouloir me vendre. C'était mon meilleur plan dans ce putain de trou à rats !

Le regard de l'adolescent le fusille de toute sa hauteur. Il est déjà un peu plus grand que Romain et serre les poings le long de son corps, animé d'une violence à fleur de peau. Romain a l'impression qu'il va lui sauter dessus, comme il l'avait fait lors de leur première rencontre. Si ce n'est que, cette fois, le combat serait désormais beaucoup plus équilibré et que Romain ne donne pas cher de sa peau devant son désir de vengeance.

Joseph lâche finalement un autre juron, remet son casque sur les oreilles puis le dépasse en lui assénant un coup d'épaule.

– Ne gâche pas ta vie, reprend Romain à toute vitesse, ni celle de quelqu'un d'autre.

Joseph se retourne et lui adresse un sourire mauvais. Romain peut y deviner sa souffrance, enfermée à double tour sous un masque de dédain. Il l'a connue, cette douleur. Il la connaît encore, lorsqu'il est seul et que les pensées sombres reprennent le contrôle, obscurcissant son horizon comme une tache d'encre sur un buvard. Il voudrait absorber la douleur de Joseph, la faire sienne pour le voir enfin sourire, tel qu'un gamin de quinze ans devrait le faire. Il n'est plus à une cure d'antidépresseurs près.

L'adolescent crache entre ses pieds avant de lui tourner le dos.

– Lâche-moi. À cause de toi, la mienne est déjà gâchée.

27

– Je sais que c'est un peu tôt mais je n'ai pas pu résister en le voyant.

Sylvia vient à peine de franchir le seuil de l'appartement qu'elle tend à Nina un petit vêtement, un body vert turquoise qui lui donne une suée lorsqu'elle s'en empare du bout des doigts avec un sourire crispé.

– Le vert, c'est bien, c'est unisexe, ajoute-t-elle en sautillant sur place.

À part Grégoire, Sylvia est la seule personne au courant de sa grossesse, et c'est bien la première fois qu'elle dissimule à Marcel une information aussi importante. Elle est enceinte depuis deux mois et demi à peine, et a traversé ces trois dernières semaines au gré des nausées matinales qui lui retournent l'estomac. Même le parfum de Sylvia qui se fraye un chemin jusqu'à ses narines lorsqu'elle l'embrasse pour la remercier lui provoque presque un haut-le-cœur.

Nina retarde le moment d'annoncer officiellement sa grossesse ; de faire de cette vision encore floue un projet concret et inévitable. Depuis une semaine et sa première échographie, le flou s'était pourtant dissipé sous les contours d'une cacahouète d'être humain apparue sous la sonde de son médecin. Le timide battement de cœur, preuve de vie au fond de ses entrailles, les avait laissés sans voix, Grégoire et elle. Si ce dernier avait pu entendre l'emballement soudain du rythme cardiaque de Nina, il aurait sans doute perçu l'affolement dissimulé derrière ses yeux embués de larmes. Grégoire avait mis ça sur le compte de l'émotion. Pas celle qu'il imaginait.

C'est à ce moment-là, devant l'imagerie en noir et blanc, qu'elle avait pris conscience de ce qui se tramait en elle. Face à la panique grandissante, elle s'était appliquée à masquer son trouble pour ne pas entacher le sourire béat de Grégoire.

Sylvia prend place sur le canapé en cuir et croise ses longues jambes ébène. Nina ne peut s'empêcher de penser que d'ici quelques mois, elle sera aussi grosse qu'un tonneau, gonflée par la cellulite et la rétention d'eau.

– Petite cachottière, s'exclame Sylvia. Tu ne m'avais rien dit pour votre projet bébé !

– Parce qu'il n'y en avait pas, répond Nina, désabusée.

– Comment ça ?

– C'est un accident. Je prenais toujours la pilule.

Elle range le body dans son paquet pour occuper ses mains et masquer son aigreur. Qu'importe, Sylvia ne s'en aperçoit pas, elle est assez enthousiaste pour deux.

– Ça alors ! Grégoire devait être fou de joie !

– C'est le moins qu'on puisse dire, finit-elle par sourire en se remémorant le visage ébahi de Grégoire à l'annonce de la nouvelle.

Ses yeux arrondis avaient alterné entre le visage de Nina et son ventre, comme s'il s'attendait à une confirmation physique, un mouvement soudain sous son tee-shirt. Habituellement tempéré dans ses manifestations émotionnelles, il n'avait jamais semblé aussi heureux.

– Tu es contente ? avait-il demandé après être redescendu de son petit nuage.

Elle avait acquiescé, avec toute la conviction dont elle était capable. Elle n'était pas prête pour cet enfant, mais Grégoire l'aiderait à le devenir.

Sylvia continue de lui parler, de lui répéter à quel point elle a de la chance, mais Nina ne l'écoute plus. Son amie ne s'est toujours pas aperçue de son malaise grandissant. Elle est amoureuse, enceinte, et presque mariée à un véritable prince charmant, de quoi diable devrait-elle se plaindre ?

Cette nuit-là, vers deux heures du matin, elle est réveillée en sursaut, le souffle court. Une brusque douleur au ventre vient de la tirer de son sommeil, suivie de près par une sensation de liquide visqueux et chaud s'écoulant entre ses cuisses. En allumant sa lampe de chevet, elle découvre, interdite, l'épaisse tache écarlate qui recouvre son drap. Sans avoir le temps d'en comprendre la cause, la douleur revient soudain, plus forte, impitoyable. Nina se plie en deux et titube jusqu'à la salle de bains. Le sang goutte en chemin sur le parquet, elle n'en a jamais perdu autant, à tel point qu'elle finit par s'allonger dans la baignoire, nue, regardant impuissante le filet poisseux et abondant s'échappant de son entrejambe.

Des vagues de douleur lancinantes se succèdent sans répit. Elle pleure, elle crie, de peur et de souffrance, sous la énième contraction qui la cloue sur place, sonnée comme un boxeur renvoyé dans les cordes, le front luisant de sueur. Son corps se tord tandis que son sang continue de souiller le fond de la baignoire naguère immaculée. Elle pleure l'enfant non désiré qui s'en est allé de lui-même, qui ne devait pas se sentir le bienvenu au creux de son ventre. On l'aurait été pour moins que ça.

Le fœtus lui fait payer son désamour, et elle l'a bien mérité.

Sa tête ballotte dangereusement contre l'émail de la baignoire. Elle frissonne, et, malgré le jet d'eau chaude sous lequel elle se blottit, un froid polaire s'insinue sous son épiderme, comme des milliers de petites stalactites. Tout ce sang perdu… et cette écœurante odeur métallique…

Avant de perdre connaissance, elle tend le bras vers son téléphone posé sur le lavabo et compose instinctivement un numéro. Le temps d'articuler quelques mots, sa main retombe mollement sur le bord de la baignoire et son téléphone sur le tapis de bain.

Lorsqu'elle reprend pleinement conscience, elle est allongée dans son lit en chemise de nuit, une compresse froide posée sur son front brûlant.

Carine l'a douchée, séchée, habillée, et Nina s'est laissé faire, les yeux dans le vague, connectée sporadiquement à la réalité par la douleur fulgurante qui semblait déchirer ses entrailles. Elle a aussi nettoyé la salle de bains, changé les draps, et lui a préparé une infusion à la camomille. Après son appel, le cerveau de Nina s'était mis en veille. Elle ne sait même pas comment Carine est entrée dans l'appartement. Elle a forcément dû aller lui ouvrir mais ne s'en souvient plus, son cerveau engourdi l'empêchant d'accéder à toutes les données de ces dernières heures. Avait-elle rampé jusqu'à l'entrée, tenant entre ses mains son placenta évadé ? S'était-elle effondrée dans ses bras à peine la porte ouverte ?

Allongées côte à côte dans le lit conjugal que Grégoire a délaissé pour se rendre à l'inauguration d'un écoquartier à Besançon, Carine lui murmure à présent des mots de réconfort tout en lui caressant les cheveux.

Nina est épuisée, vidée jusqu'au plus profond de son intimité. Elle vient de livrer l'un des plus gros combats de sa vie. Tout ça pour expulser un fœtus de la taille d'une noisette.

Son enfant, qu'elle ne connaîtra jamais.

Au petit matin, bercée par la voix de Carine, abrutie par la fatigue et la culpabilité, Nina s'endort et souhaite, un instant avant de sombrer, ne plus jamais se réveiller.

28

Assise derrière son bureau en acajou, la femme en blouse continue de griffonner à toute vitesse. Nina a l'impression d'avoir été convoquée dans le bureau du proviseur qui, au terme de son interminable rapport, rendra sa sanction. Au fil des secondes, soulignées par le *tic-tac* de l'horloge murale, Nina est de plus en plus mal à l'aise. La sensation désagréable d'avoir commis une faute s'intensifie au fond de son ventre. Depuis cette nuit tragique, la culpabilité l'empêche de trouver le repos, et le silence de la gynécologue qui a écouté son récit ne l'a en rien rassurée. Cette dernière lui a simplement demandé de se déshabiller, l'a auscultée puis a pianoté sur son ordinateur pour enfin noircir une page d'ordonnance.

Sur les murs du cabinet, des dizaines de faire-part de naissance créent une fresque colorée. Ne sachant plus quoi faire de ses mains, Nina les met entre ses genoux et redresse son dos contre le dossier de la chaise.

La gynécologue relève finalement la tête et retire ses lunettes pour les poser sur la table.

– Madame Boisset, annonce-t-elle d'une voix claire en

la fixant intensément, si votre corps a expulsé l'embryon, c'est qu'il n'était pas viable. Vous savez, avec toutes les avancées scientifiques et technologiques, nous avons tendance à oublier que la nature fait avant tout bien les choses. En revanche, après vous avoir écoutée, je pense qu'il est de mon devoir d'insister sur un point en particulier.

Alors qu'elle marque une pause, son regard se fait plus doux, invitant Nina à baisser sa garde.

– Vous n'y êtes pour rien.

Nina se fige. La médecin ne sait pas tout. Elle ne sait pas qu'intérieurement, elle a souhaité de tout son être ne plus être enceinte. Elle a souhaité revenir en arrière, changer le cours de ces trois derniers mois et annuler cet accident de parcours. Ce sont ses pensées meurtrières qui ont expulsé l'embryon de son corps, pas le Destin ou la Nature. Mais ça, personne ne le sait et ne le saura jamais.

Devant son mutisme, la femme continue :

– Saviez-vous qu'environ une grossesse sur quatre se solde par une fausse couche ? Je suis sûre que non. Car c'est un sujet tabou que les femmes ont du mal à aborder. Souvent, elles évincent le sujet, par pudeur ou par honte. Mais le traumatisme est bien réel, et beaucoup de femmes portent en elles le poids d'un échec, celui d'avoir manqué à leur devoir de procréation. Or, vous n'avez rien fait de mal.

Elle fixe le visage livide de Nina qui a instinctivement rejoint ses mains sur le bas de son ventre. La gynécologue articule avec douceur :

– Madame Boisset, un fœtus en bonne santé s'accrochera à votre utérus et à la vie comme un arapède à son rocher. Quoi que vous pensiez avoir fait qui puisse lui porter atteinte, il n'en est rien, croyez-moi.

Nina acquiesce enfin, presque par politesse. La femme fait glisser l'ordonnance vers elle.

– En cas de maux de ventre persistants. Et vous allez également faire une cure de fer. J'ai aussi noté le renouvellement de votre pilule, si vous le souhaitez.

Alors qu'elle pose les mains sur les accoudoirs de son fauteuil, prête à se lever, Nina balbutie soudain à toute vitesse :

– Je vais arrêter la pilule.

– Je suis heureuse de l'entendre, sourit-elle, et de savoir que vous gardez confiance.

– Oui, enfin… Non. En fait je voulais vous demander s'il y avait quelque chose de plus… efficace ?

La gynécologue reprend place sur son fauteuil, perplexe.

– La pilule est efficace à plus de 99 %… Je sais ce que vous vous dites, mais cela ne vous arrivera pas deux fois.

– Je ne prendrai pas ce risque, affirme Nina d'une voix ferme. Je veux du 100 %.

– Le 100 % n'existe pas, mais je peux vous proposer la pose d'un stérilet, si vous craignez d'oublier occasionnellement votre pilule. Comme ça, vous n'aurez plus à y penser, vous serez protégée d'office.

Nina réfléchit rapidement.

– Très bien.

« Protégée d'office » : oui, ça lui va.

29

Jour J + 1

Marcel, Nina et ses parents sont réunis autour de la grande table du séjour où les quelques livres éparpillés ont endossé le rôle de dessous-de-plat. Un dernier arrêt avant de repartir pour leur quotidien parisien, et Nina redoute déjà la nostalgie qui l'accompagnera à la capitale. Comme toujours, Christine a cuisiné pour un régiment, bien qu'il ne leur reste pas le moindre appétit pour y faire honneur.

– Il n'y a rien de pire que de se restreindre parce qu'il n'y a pas assez à manger, se justifie-t-elle.

Avec elle, aucun risque de ce côté-là. Ils picorent dans les plats tout en dressant un bilan du mariage, satisfaits de leurs émotions du week-end.

– C'est une fille bien, Laetitia, affirme Christine, sûre d'elle, en resservant Marcel qui vient pourtant de décliner sa proposition.

Elle ne l'a pas vraiment entendu, focalisée sur son pronostic de ce qu'elle espère être le dernier mariage de son aîné. Antoine a tellement souffert de ses deux premiers échecs qu'elle a elle-même été marquée au fer par sa détresse.

– Elle est indépendante, intelligente et à l'écoute. Ils vont être heureux tous les deux.

Gérard pose une main sur son avant-bras tandis qu'elle continue de servir Marcel machinalement. Ce dernier fixe son assiette en se demandant dans quel estomac il pourra bien fourrer cette quantité de nourriture et Nina pouffe devant son visage embarrassé.

– Ils le sont déjà, chérie, dit doucement Gérard.

Christine hoche la tête, se rassoit. Elle parie sur un enfant d'ici l'année prochaine et Nina rit dans sa barbe. Elle seule est au courant de l'arrivée du futur membre de la famille. Sans se l'expliquer, elle est convaincue que ce sera une fille et elle a déjà hâte de la rencontrer. Posté au pied de sa chaise, Rocky attend sagement les restes, la tête relevée vers elle, ses yeux ronds et noirs remplis d'espoir. Elle se penche et lui tend un bout de poulet pour cacher son trouble. Ses parents devraient déjà être grands-parents, mais cela, même sa mère l'ignore. C'est mieux ainsi, se rassure-t-elle.

Brisés de fatigue, Marcel et Nina montent se coucher. Ils s'arrêtent un instant devant les deux chambres d'ami, et malgré la pénombre, Nina peut distinguer une lueur au fond des yeux de Marcel.

– Je suis content de faire partie de ta famille, Nine, dit-il à voix basse.

– Si tu te maries avec Mathilde, tu en feras encore plus partie, réplique-t-elle, taquine, pour masquer sa gêne.

Elle trouve sa boutade plutôt rigolote, mais Marcel ne

rit pas. Il la regarde fixement, du moins c'est ce qu'elle croit percevoir dans l'obscurité.

– J'aimerais que tu peignes pour moi.

Son ton est sérieux, presque solennel.

– Peindre quoi ?

– Ce que tu veux.

Elle hoche la tête.

– D'accord.

Elle reste un instant devant lui, les bras ballants, puis se dirige vers la porte de sa chambre.

– Bonne nuit, Marcel.

– Bonne nuit, Nine.

Sous la couette mauve de sa chambre d'adolescente, Nina peine à trouver le sommeil. Elle rembobine le film de ces deux dernières journées, laisse défiler les images gonflées de bonheur qui ont marqué le week-end. La robe élégante de Laetitia, le regard complice des mariés, les invités se dandinant au rythme des *Démons de minuit*, le jardin ensoleillé de la maison de Saint-Paul, les rires et les provocations bon enfant, le visage réjoui de Marcel…

Inconsciemment, elle laisse ses mains se balader un peu partout sur sa peau. Ses bras d'abord, qu'elle frictionne doucement, puis son ventre, où ses doigts dessinent de petits ronds autour de son nombril. Elle remonte vers ses seins et effleure leur rondeur, puis redescend vers son sexe soudain en quête de caresses, palpitant de désir. Tandis que le plaisir s'intensifie et que l'orgasme se fraie un chemin dans son bas-ventre, une image se manifeste dans son esprit. Elle l'accueille avec étonnement, et ferme les yeux pour mieux s'y accrocher. Un corps, grand et dégingandé, une peau douce et parsemée de taches de rousseur, un visage aux yeux bleus perçants et aux lèvres charnues. Une main sur sa peau, remplaçant la sienne. Et lorsqu'elle jouit et étouffe un râle de plaisir contre sa paume, la vision paraît si réelle qu'elle en rougit dans la nuit.

Marcel est avec elle.

30

Un an plus tôt…

– Je t'aime, Nina, mais nous n'allons pas dans la même direction.

Il a dit ça sans amertume, tel un simple constat, un constat déchirant qu'il parvenait enfin à verbaliser. Il découvrait qu'une histoire d'amour pouvait se terminer alors que les deux protagonistes s'aimaient encore. Grégoire la prend par les épaules, ses yeux n'expriment que tristesse et regrets. Il la serre contre lui. Ce sera donc ça, leur clap de fin. Loin du *happy ending* qu'il avait imaginé pour eux, et qui lui avait toujours paru une évidence.

Nina n'ajoute rien, elle en est incapable. Elle se blottit contre lui pour écouter une dernière fois son cœur battre au creux de son oreille, pour sentir ses côtes se dilater au rythme de sa respiration saccadée, comme lorsqu'ils venaient de faire l'amour.

Grégoire ferme les yeux pour retenir ses larmes, en vain. À partir d'aujourd'hui, Nina glissera lentement hors de sa vie jusqu'à redevenir l'étrangère qu'elle était avant leur rencontre. Ils ne partageront plus qu'une poignée de souvenirs communs, que le temps ne manquera pas d'atténuer, jusqu'à leur disparition. À partir d'aujourd'hui, il ne l'appellera plus pour lui dire un mot doux, lui raconter ce qu'il venait de voir, lui partager une chanson, une pensée, un projet. Il devra se retenir, au début, de toutes ses forces. Résister à l'envie de lui parler, de lui écrire, de lui dire à quel point elle lui manque, à quel point il est malheureux. Il devra lutter contre l'envie de la faire changer d'avis, et l'aimer suffisamment pour ne pas lui imposer une vie dont elle ne veut pas. Puis accepter qu'elle rencontre quelqu'un, qu'elle avance, qu'elle l'oublie.

Ne restera de leur histoire d'amour qu'une magnifique ruine que chacun finira par reléguer dans les dossiers classés de leurs archives personnelles.

Il gardera tout de même une preuve vivante de cet amour : leur chat Léo, dont ils ont convenu que Grégoire aurait la garde. Et bien qu'il lui ait promis qu'elle pourrait venir le voir dès qu'elle le souhaiterait, il sait pertinemment qu'elle ne le fera pas.

Il la serre un peu plus contre lui, respire l'odeur de ses cheveux, l'odeur d'un quotidien qu'il est sur le point d'anéantir. Il aurait pu renoncer à avoir des enfants pour elle. Il se serait résigné à enfouir cet instinct au fond de sa poche, à le tasser sous des couches d'amour et de projets divers. Il aurait été prêt à tout pour elle. Mais il ne veut pas qu'elle vive avec cela sur la conscience ni que, tôt ou tard, ce choix se répercute sur ce qu'ils sont, les rendant aigris, pétris de regrets.

Grégoire relâche doucement son étreinte, il est temps de la laisser partir. Demain ou la semaine prochaine, elle viendra récupérer ses affaires dans l'appartement en plusieurs allers-retours auxquels il tâchera de ne pas assister. Il vendra l'appartement, peut-être, lorsque les souvenirs ne se lasseront pas de le crucifier chaque jour devant son absence. Son rire ne ricochera plus contre les murs du salon et ses chaussures ne traîneront plus dans l'entrée. Il n'aura plus à se battre pour qu'elle range ses affaires. Son chevalet et ses pinceaux n'envahiront plus l'espace de leur chambre et ses cosmétiques auront déserté la salle de bains. Il n'assistera plus à ses rituels de beauté auxquels elle se soumettait consciencieusement avant de dormir et qu'il observait avec un sourire taquin : la crème de ceci, la lotion de cela, les huiles et les masques. Il n'y comprenait rien mais elle semblait se donner du mal pour ralentir les effets du temps qui passe. Elle n'en avait pas besoin, pourtant. Il ne la trouvait jamais aussi jolie que lorsqu'elle venait de se réveiller, les yeux gonflés de sommeil et la marque de son oreiller incrustée sur la joue.

Puis il faudra passer à la logistique, clôturer le compte commun à la banque, résilier l'abonnement Netflix, annuler la salle de bal réservée pour le mariage. Autant de petits coups de piolet sur la paroi de son cœur déjà meurtri. De toute façon, ils n'étaient pas très avancés dans leurs préparatifs. Depuis la fausse couche de Nina, ils avaient cheminé au ralenti, freinés par des vents contraires à leur envie de célébrer leur amour. Leur intimité, leurs projets, leur mariage, tout avait été enfoui sous une ouate engourdissante, comme si leur inconscient connaissait déjà l'issue fatale.

Une fatigue soudaine s'abat sur lui tandis qu'il plonge

ses yeux dans ceux de Nina, baignés de larmes. Elle lui prend la main et dépose quelque chose au creux de sa paume. Grégoire observe la bague de fiançailles d'un air absent. Ce petit objet, à peine plus lourd qu'un vulgaire caillou, concentre toutes les promesses d'une vie à deux, d'une complicité et d'un bonheur construits au fil des années. Ce futur qu'il peut désormais jeter au loin.

*

Nina s'est rendue au jardin du Luxembourg, l'un de ses endroits préférés dans Paris. C'est sa connexion intra-muros avec la nature. Elle aime les bosquets de fleurs multicolores, les vastes prés d'herbe rase, les platanes, les arbres fruitiers et les quelques palmiers qui semblent s'être perdus du côté de la capitale, tout comme elle. Elle longe le palais, garde majestueux de cette flore verdoyante, croise les adeptes d'arts martiaux et de yoga puis jette son dévolu sur un banc face aux courts de tennis où des joueurs bondissent après les balles jaunes comme des forcenés.

Une jeune femme avec un landau prend place sur le banc, dos à elle, en expirant ostensiblement. Le nourrisson dans la poussette est endormi, mais elle continue de la déplacer machinalement d'avant en arrière, le regard perdu au loin.

– Excusez-moi, vous n'auriez pas un mouchoir par hasard ?

La jeune femme s'est tournée de trois quarts et regarde Nina avec douceur. Elle doit avoir environ son âge.

Elle a les traits tirés et ses cheveux sont ramenés à la va-vite en une queue-de-cheval désordonnée.

Nina fouille dans son sac et en sort un paquet de Kleenex qu'elle lui tend.

– Tenez, vous pouvez le garder.

– Merci, c'est très aimable.

La jeune femme se mouche bruyamment.

– Je suis tout le temps malade en ce moment, ça doit être la fatigue, dit-elle en s'essuyant le nez.

– Les changements de saison, ce n'est jamais évident pour le système immunitaire, répond poliment Nina.

– Avec un enfant, il n'y a plus de système immunitaire, rétorque la jeune femme dans un demi-sourire. Vous avez des enfants ?

Traversée par une décharge électrique, Nina secoue la tête. La jeune femme s'incline vers elle. Elle parle plus doucement, de peur de heurter la sensibilité de son nourrisson.

– On ne prépare pas assez les futurs parents à ce qui les attend.

Elle détourne le regard et ajoute comme pour elle-même :

– C'est tellement dur…

La jeune femme semble encline à se confier, à déverser son trop-plein dans l'oreille d'une inconnue, à verbaliser ce qu'elle tente de dissimuler depuis des mois derrière l'image de mère extatique qu'elle est censée incarner.

– Même en l'ayant voulu très fort, il m'arrive parfois de regretter… (Elle se ressaisit aussitôt.) Enfin, vraiment rarement, surtout lorsque je suis exténuée.

Elle se mouche à nouveau avant de reprendre.

– Excusez-moi, je vous embête avec mes histoires ! s'exclame-t-elle sur un ton exagérément enjoué. C'est quand même la plus incroyable des aventures ! Je ne cherchais absolument pas à vous décourager.

Elles continuent de parler un instant, de la pluie, du beau temps, des températures clémentes et du pollen dans l'air, puis la jeune femme se lève et lui souhaite une bonne journée.

En la regardant partir, penchée au-dessus de la poussette, la main tendue vers l'intérieur de celle-ci, Nina a l'impression que le sort se moque d'elle.

Malheureusement, tant qu'elle ne sera pas en accord avec elle-même, il y aura toujours quelque chose ou quelqu'un pour la replonger sans ménagement dans les affres de son incertitude.

Elle repense à Grégoire, puis à cet enfant perdu, la douleur et le soulagement se mêlant en un sentiment désagréable. Le début de leur fin. Elle avait pourtant cru à cette image d'Épinal d'une joie logique et débordante lorsqu'elle tiendrait le test de grossesse positif entre ses doigts, le moment venu. Les larmes de bonheur, une main posée sur son ventre fécond. Tandis qu'elle avait seulement broyé du noir, ses larmes versées à contre-courant.

Elle lui parle parfois, comme à un ami imaginaire, lui confie ses pensées les plus intimes, lui qui a partagé son corps l'espace de quelques semaines. Alors, assise sur son banc en bois, la tête aussi lourde qu'une enclume, elle se met à converser à voix basse. Scrutant les balles de tennis défilant de droite à gauche, elle remue les lèvres et murmure pour lui, pour elle :

– Tu comprends, j'étais effrayée à l'idée d'être une mauvaise mère, de ne pas savoir quoi faire pour t'aider à grandir, pour te rendre heureux. Mais aussi à l'idée de voir mon corps changer, de voir ma vie chamboulée, de perdre mon indépendance et le peu d'insouciance qu'il me reste. Je ne veux pas devenir esclave de mes enfants, comme ta grand-mère, par exemple, anxieuse de tout ce qui pouvait arriver à ton oncle et à moi, parfois jusqu'à anticiper le pire. Déjà que j'ai l'impression d'avoir peur de tout…

Elle s'arrête, consciente de passer pour une illuminée si quelqu'un l'observait à cet instant. Mais elle reprend, à présent que la vanne est ouverte, elle ne peut plus s'arrêter :

– Si tu avais été là, si tu avais vécu, je t'aurais aimé de tout mon cœur, je le sais. Je regrette tant de t'avoir envoyé toutes ces horribles pensées, ces mauvaises énergies… (Sa voix se brise.) Je comprends que tu aies eu envie de fuir… Qui voudrait grandir dans un ventre qui ne veut pas de son hôte ?

Elle fait une pause, contemple les arbres alignés en rangées, et les carrés de jardin bien entretenus.

– Ce n'est pas égoïste de ne pas avoir d'enfant, souffle-t-elle plus bas encore. Pourquoi ne cesse-t-on de me dire le contraire ? N'est-ce pas égoïste de vouloir créer son « mini-soi », de remettre une vie qui n'a rien demandé aux mains de ce monde de fous ? Qu'en penses-tu, toi ? Tu crois que j'ai bien fait de laisser partir Grégoire ?

Elle attend quelques secondes, un signe, la confirmation qu'elle ne se trompe pas, mais elle sait que la réponse ne viendra pas d'ailleurs. Celle-ci est déjà en elle.

Échappés le travail de renom, le bébé non désiré, le fiancé parfait. L'image d'un bonheur accessible qu'elle avait balayé d'un revers de la main.

Loin de la trajectoire de vie qu'elle s'était imaginée, elle redoute que celle-ci ne soit désormais qu'un empilement d'échecs successifs, un tunnel sombre et interminable de désillusions professionnelles, de déceptions amoureuses et de choix non assumés. Ratatinée sur son banc, elle se sent soudain effrayée et perdue, comme une toute petite fille esseulée au milieu d'un centre commercial, attendant que quelqu'un appelle son nom depuis une caisse pour lui indiquer le chemin vers ses parents.

Ses yeux papillotent, victimes d'une montée lacrymale. Le temps d'un jour, juste un, elle aimerait redevenir cette petite fille pour déposer à nouveau son destin entre des mains aimantes et se détacher de toutes ses responsabilités d'adulte.

À présent égarée dans le dédale de la vie, personne ne pourra la guider vers l'avenir.

Elle devra retrouver son chemin seule.

31

Marcel observe Romain du coin de l'œil. Il a la tête de celui qui prépare un mauvais coup. Marcel connaît bien cette attitude ; Romain avait la même à dix, quinze, vingt ans, quand il prévoyait de voler des bonbons à la boulangerie, de sécher les cours, d'acheter sa came. Dans les rayons du supermarché où ils sont allés faire leurs courses pour la semaine, Romain s'empare d'une bouteille de rhum.

– Et si on se faisait une petite dégustation ce soir ?

Marcel lève les yeux au ciel.

– Si on se mettait une charge, oui. C'est pas plutôt ça ta question ?

– Tes mots, pas les miens, se défausse Romain.

– Tu as vraiment tous les vices, toi.

Romain hausse les épaules, sans le contredire, puis pose la bouteille dans le panier. On ne sait jamais.

Ces derniers temps, Marcel trouve son meilleur ami étrange. Il a démissionné de son travail, ou bien s'est fait virer, Marcel le soupçonne de ne pas lui avoir dit toute la vérité. Quand il lui demande ce qu'il compte faire, Romain balaie le sujet : « Je trouverai bien quelque chose. » Mais depuis trois semaines, il ne s'est toujours rien passé.

Marcel est en train de choisir le paquet de chips qui accompagnera leur apéro lorsque son téléphone vibre dans sa poche. Il commençait à s'agacer devant le rayon ne proposant que des chips aux arômes improbables. Sel et vinaigre, poulet rôti, barbecue, crème et oignon, paprika, bolognaise, fromage, moutarde. Que diable fallait-il faire pour avoir des chips nature au goût de pomme de terre ?

Le nom de sa mère apparaît sur l'écran.

– Salut mam, ça va ?

Et soudain, le monde s'évanouit autour de lui. Les premiers mots émis par la voix chevrotante de sa mère le percutent comme un coup de massue.

Romain le rejoint dans le rayon au moment où le paquet de chips s'échappe des mains de Marcel. Figé devant l'étalage, celui-ci est blanc comme un linge et raccroche au bout de quelques secondes, la main tremblante. Romain se rapproche.

– Ça va, bro ? Qu'est-ce qui se passe ?

– Mon père… Il… il a fait un infarctus. Ils sont aux urgences, son état est critique.

– Merde…, laisse échapper Romain.

Paralysé par la peur, Marcel n'a pas bougé. Tout lui paraît soudain insurmontable ; payer les courses, sortir du magasin, acheter un billet d'avion pour Tarbes, se rendre à l'aéroport, tout cela pendant que son père oscille entre la vie et la mort. Ce père qu'il pensait indestructible, immortel. Il avait oublié que le Destin pouvait se charger de faire basculer des vies en une fraction de seconde. Au milieu du supermarché bondé, il se sent loin de ses parents, si loin de chez lui. Romain le prend par le bras et l'entraîne vers la sortie du magasin.

– Allez viens, on se casse d'ici. Et je pars avec toi à Tarbes.

Dans l'avion, le lendemain, les pensées les plus sombres continuent de le ronger. Il n'a pas dormi de la nuit, a écrit à sa mère toutes les trois heures pour avoir des nouvelles. Et s'il n'arrivait pas à temps ? Si son père ne survivait pas ? Qu'aurait gagné Marcel de ses années parisiennes à part perdre du temps précieux avec les siens ? L'épanouissement personnel passait-il inévitablement par un éloignement familial ?

Ses parents lui manquent depuis qu'il est à Paris ; il est parfois pris de vague à l'âme en pensant à eux et au fait qu'ils vieillissent sans qu'il puisse profiter d'eux pendant qu'il en est encore temps. Doit-on réfréner ses envies d'ailleurs pour ne pas avoir ce genre de regrets ?

Romain a le visage tourné vers le hublot, le regard perdu au-dessus des nuages. Et bien que sa présence le réconforte, Marcel est soudain terrorisé à l'idée de perdre son père sans même avoir pu lui dire au revoir, mais aussi de laisser sa mère seule avec son deuil, le cœur broyé par le chagrin. Il n'est pas prêt à vivre cela.

Gisèle se jette dans les bras de son fils dès qu'il franchit le seuil de la chambre d'hôpital.

– Oh Marcel, tu es là ! Il y a eu des complications. Ils ne savent pas s'il va se réveiller.

Marcel serre le corps secoué de sanglots de sa mère. Derrière elle, son père est allongé, inerte et intubé.

Il escorte sa mère jusqu'au seuil de la chambre et demande à Romain de l'emmener prendre l'air. Gisèle se laisse faire, à bout de forces.

À présent seul, il prend place sur une chaise aux côtés de son père.

– Allez, papa… Tu ne vas quand même pas partir comme un voleur…

Il retient ses larmes, il ne veut pas lui communiquer de désespoir, lui qui l'entend peut-être derrière ses yeux clos.

Les heures passent, Marcel reste assis au chevet de Jean et continue de ressasser ses décisions de vie et ses priorités. Gisèle est rentrée dormir un peu, mais elle ne devrait pas tarder à revenir.

Si son père s'en sort, il se promet de passer plus de temps avec lui, de chérir leur relation père-fils, de le questionner davantage sur son passé, de l'écouter. Tout ce qu'il croyait acquis, tout ce qu'il pensait avoir encore le temps de faire. Il observe le visage livide de cet homme qui a toujours été là pour lui, qui l'a aimé, protégé, conseillé. Tant d'autres ne pouvaient pas en dire autant de leur père, à commencer par Romain.

Un appel de Nina le sort de ses ruminations. Sa voix dans le combiné l'apaise.

– Comment va-t-il ?

– Je suis avec lui, chuchote-t-il en se détournant. Je peux te rappeler plus tard ?

– Quand tu veux. Je suis là. Courage.

Il raccroche et consulte ses messages encore un instant, puis entend un râle derrière lui et relève la tête. Rien n'a bougé, la fatigue se joue de lui. Il se replonge dans son téléphone, mais un nouveau gémissement ne tarde pas à se faire entendre.

Le corps de Jean est immobile ; pourtant, lorsqu'il s'approche de son visage, le cœur de Marcel bondit dans sa poitrine. Son père vient d'ouvrir les yeux.

32

Carine compatit en silence tandis que Nina reprend enfin son souffle. Elle a déroulé le fil de ces dernières semaines comme on déverse un seau d'eau usée par-dessus bord : Grégoire, la rupture, l'angoisse de la solitude, la peur de s'être trompée, mais l'intuition d'avoir fait le bon choix. L'accident du père de Marcel, aussi. Jean Dubourg était rentré chez lui au bout d'une semaine ; il allait bien, dans la mesure du possible. Marcel avait passé dix jours auprès de ses parents à Tarbes, et n'était plus tout à fait le même à son retour.

Nina se sent soulagée, lavée par la parole, presque libérée des doutes qui ne cessaient de la harceler. Bien que toujours présente, sa douleur porte désormais le sceau de sa détermination, de sa foi en son instinct, en la vie. Une porte s'est ouverte en elle, un passage étroit vers la vraie Nina, celle qu'elle tente de dompter depuis toujours.

« Savais-tu que crise et opportunité ne sont qu'un seul et même mot en chinois ? » lui avait dit sa mère au téléphone. Ainsi, plus grosse était la crise, plus grande serait l'opportunité. Vu l'ampleur des dégâts, elle ne se savait pas aussi chanceuse.

– Tu es courageuse, Nina, reprend Carine en plongeant ses yeux dans les siens. Il faut l'être pour observer et assumer ce que l'on a au fond de soi. La vérité, ta vérité, vous aura coûté votre relation, mais pas votre amour.

Alors que les mots de Carine se fraient un chemin jusqu'à elle, Nina revoit le visage de Grégoire figé en un masque de souffrance devant le constat de leur arrivée au bout de l'impasse. Leur séparation était bel et bien une preuve d'amour, pour l'autre et pour eux-mêmes.

La main de Carine posée sur son genou la sort de ses pensées.

– Tu as besoin de te changer les idées. Et je sais comment.

Le soir, devant le miroir, Nina rechigne à se préparer. Elle opte pour un jean noir et un débardeur blanc, et laisse son visage dépourvu de maquillage. Elle n'a pas envie de plaire.

Les néons bleus de l'enseigne brillent au-dessus de leurs têtes quand elles arrivent devant le bar. Une dizaine de personnes fument sur le trottoir en parlant fort pour couvrir le bruit de la musique poussée à plein régime à l'intérieur. Les amies à qui Carine a donné rendez-vous sont déjà installées au fond de la salle, assises devant une table basse garnie de quelques bouteilles à moitié entamées. Nina suit timidement Carine à travers le bar, et son regard s'attarde malgré elle sur les corps féminins qui se touchent, se frottent et s'embrassent à bouche que veux-tu. Un mélange hypnotisant de gêne et de fascination la parcourt, jusqu'à ce qu'une fille au nez percé lui renvoie un regard gourmand et qu'elle finisse par accélérer le pas pour rattraper Carine. Petite fille apeurée rejoignant les jupes de sa mère.

La dernière fois qu'elle avait tenté d'infiltrer une boîte gay en compagnie de Romain et Marcel, il y avait de cela quelques années, elle n'avait même pas eu le loisir d'en franchir le seuil. Leur curiosité attisée par les légendes urbaines sur le sens de la fête et l'excentricité de la communauté homosexuelle, ils étaient venus voir de leurs propres yeux ce qu'ils avaient raté jusque-là. Le videur intransigeant les recala sans ménagement, alors même que Marcel, un tantinet ivre ce soir-là, avait forcé un Romain récalcitrant à l'embrasser sur la bouche pour prouver sa légitimité. Sous les protestations de Romain et le fou rire incontrôlable de Nina, Marcel s'était finalement éloigné dans la rue en criant au scandale.

Ce souvenir fait sourire Nina tandis qu'elle suit des yeux les baskets blanches de Carine ouvrant la marche devant elle.

À table, ses amies semblent déjà bien avancées dans leurs festivités. Les joues rougies par l'alcool et la chaleur ambiante, elles accueillent les deux arrivantes à grand renfort de cris et de sifflements suraigus, puis tendent un verre à chacune.

– Que la fête commence ! déclare l'une d'elles qui ne semble pourtant pas les avoir attendus pour entamer la sienne.

Nina s'assoit et pose ses yeux sur la population hétéroclite du bar, composée principalement de femmes aux looks disparates. Au milieu de cette population féminine, les quelques hommes égarés semblent tenir la chandelle, et s'en accommoder à merveille.

Rapidement, Nina s'ennuie, tandis qu'un mal de crâne commence à poindre au creux de sa tempe. Elle ne sait plus ce qu'elle est venue chercher au milieu de tous ces visages inconnus, elle qui n'a jamais aimé sortir. Elle hésite un instant entre mettre les voiles ou noyer son mal-être dans le verre qu'elle tient mollement entre ses mains, puis opte pour une première rasade du cocktail acidulé.

Un peu plus tard dans la nuit, alors que les bouteilles et les verres vides se sont amoncelés sur la table basse et que les éclats de rire se font de plus en plus affranchis, l'une des filles sort un petit sachet rempli de pilules qu'elle fait passer discrètement sur la table, l'œil espiègle. Nina s'exaspère de cette nouvelle mode que tout le monde semble avoir adoptée. Depuis qu'elle a été témoin de la descente aux enfers de Romain, elle ne risque pas d'y toucher. Les filles se jettent dessus, voraces de sensations fortes, et gobent chacune un petit comprimé coloré. LSD, amphétamines, ecstasy ou GHB ? Elles n'ont pas l'air de s'en préoccuper. Tant que le voyage est là, peu importe la destination, peu importe les conséquences. Carine suit le mouvement, et la déception se joint au mal de tête de Nina. Elle continue d'observer la scène, ses perceptions déjà modifiées par la tequila de ses margaritas, et s'interroge. Pourquoi le désir de perdre le contrôle est-il aussi puissant ? N'est-ce jamais suffisant ? Faut-il vraiment flirter avec le vide pour se sentir complètement vivant ?

Elle refuse l'offre poliment et se lève pour danser tout

en sirotant son énième cocktail. Elle ferme les yeux, portée par la musique électro dont les vibrations habitent tout l'espace jusqu'à l'intérieur même des corps, flottant délicieusement entre conscience et inconscience, ses membres chaloupant de leur propre initiative.

Lorsqu'elle rouvre les yeux, Carine est devant elle et lui sourit.

Elle danse, les bras levés au-dessus de sa tête, et son corps semble onduler comme une anguille sous la lumière alternative. Elle porte une robe noire à manches longues dont le côté sage contraste avec son tatouage dans le cou et ses tresses mauves : le « paradoxe Carine » dans toute sa splendeur. Nina la trouve gracieuse et sensuelle. Elle ne peut s'empêcher de la regarder se mouvoir, sans se rendre compte que Carine n'est désormais plus qu'à quelques centimètres d'elle, affichant un sourire mutin, irrésistible. Nina recule instinctivement, mais Carine attrape ses mains et l'attire à elle.

Ses mains sont douces, son regard brûlant. Elle remonte ses doigts le long de son bras et caresse son épaule, puis glisse sa main entre ses omoplates. Leurs cages thoraciques, à présent pressées l'une contre l'autre, cognent au rythme des enceintes. Nina devine les seins de Carine contre sa poitrine, sensation troublante et prometteuse. Intimidée, elle se fige tandis que le visage de son amie s'approche au ralenti. Sans une once d'hésitation, ses lèvres, deux petits coussins de peau soyeux, ne tardent pas à s'inviter contre les siennes et Nina est traversée d'une onde électrique. Du désir ? ou l'attrait étourdissant de l'inconnu ? Elle ne saurait le dire. Elle ne sait même plus ce qu'elle est censée faire, alors elle laisse

Carine glisser sa langue contre la pulpe de ses lèvres. Le baiser est long, doux et charnel. Lorsque Carine s'écarte furtivement, Nina se surprend à combler l'espace qui les sépare pour prolonger le contact chavirant de cette bouche féminine et experte.

Après de longues secondes, Nina recule et s'empourpre soudain. Elle a l'impression que tout le monde la regarde. Évidemment, personne ne lui prête la moindre attention et Carine rit en se penchant à son oreille.

– Ne fais pas cette tête ! s'exclame-t-elle. Ce n'était qu'un baiser, et c'était super.

Elle retourne danser, lui signifiant que l'incident est clos, pendant que Nina reprend avidement une gorgée de son cocktail, un goût de censure, pas si désagréable d'ailleurs, au bord du cœur.

*

Il est presque midi lorsqu'elle est tirée de son sommeil par un message d'Antoine sur son téléphone :

Appelle-moi dès que tu peux !

L'écran révèle trois appels en absence de son frère qu'elle n'a pas entendus. Elle manipule son téléphone, pataude, manquant de le faire tomber en composant le numéro, les yeux collés de fatigue. Pendant que la tonalité résonne dans le vide, Nina regarde autour d'elle, le sang pulsant dans ses tempes. Elle est allongée sur le canapé de son ancien appartement, tout habillée, avec un plaid sur le dos. Ses oreilles bourdonnent malgré le silence et les souvenirs de la veille ressurgissent au compte-gouttes, dilués dans une trop grande quantité d'alcool. Le baiser avec Carine lui revient tout juste en mémoire au moment où la voix d'Antoine retentit enfin à l'autre bout du fil.

– Ben alors, tu en as mis du temps ! s'exclame-t-il, joyeux.

– Tout va bien ? demande-t-elle à voix basse.

– Très bien même ! Je t'appelais pour t'annoncer une grande nouvelle.

Nina ne répond pas, elle est déjà sur le point de se rendormir, le téléphone glissant vers le bord du canapé.

– Je vais me marier !

Nina ouvre de nouveau les yeux, interpellée par ce qu'elle vient d'entendre.

– Avec Laetitia ?

Elle s'entend poser la question et se reprend en se frottant les yeux :

– Pardon, oui bien sûr. Excuse-moi, je viens de me réveiller. Félicitations, grand frère.

Ce dernier pouffe dans le combiné.

– J'ai compris, va, je te rappelle plus tard.

La communication s'achève mais Nina garde le téléphone collé contre son oreille pendant que les paroles de son frère font leur chemin jusqu'à son cerveau ensommeillé. Au regard de sa vie sentimentale, elle n'est pas près d'avoir la bague au doigt, alors qu'Antoine en est déjà à son troisième mariage. Elle ne l'envie pas, elle sait par quoi il est passé, du fait de son impatience. Elle espère qu'il aura appris de ses erreurs.

Les yeux mi-clos, elle revisionne la demande en mariage de Grégoire sur son projecteur mental, comme un film muet tourné en Super 8. Grégoire lui manque, mais elle se languit plus que tout du couple qu'ils formaient et de l'image exemplaire qu'ils renvoyaient. Enviable à tout point de vue. Combien de fois s'était-elle félicitée de la compagnie de cet homme merveilleux, de cette union cochant toutes les cases ? Toutes, sauf une. Une case fatale qui a eu raison de leur union.

Mais la vie est-elle un QCM, une équation à résultat unique, où chaque faute coûte des points à son capital de perfection, comme elle l'a toujours cru ? Ou bien n'est-elle qu'une longue dissertation truffée de ratures et de hors-sujet, où chaque erreur peut au contraire être corrigée, améliorée ?

Emmurée dans sa boîte d'excellence, où n'importait vraiment que la validation d'autrui, s'était-elle trompée tout du long ? Était-elle passée à côté de la vie, la vraie ?

Un cri logé au fond de sa gorge, Nina s'empare d'un coussin à portée de main pour le plaquer sur son visage quand une voix s'élève derrière elle.

– Bien dormi ?

Vêtue d'un bas de pyjama et d'une brassière, Carine la rejoint sur le canapé et s'assoit à côté d'elle. Nina se redresse, et un silence embarrassé s'installe entre les deux femmes. Afin d'abréger ses souffrances, Nina décide d'aller droit au but.

– Carine, à propos de ce qu'il s'est passé hier soir…

Elle hésite, cherche ses mots, sans savoir exactement ce qu'elle veut mettre au clair. Carine ouvre de grands yeux, puis pose une main sur sa bouche.

– Oh non, qu'est-ce qu'il s'est passé ? Ne me dis pas que je me suis encore ridiculisée ?

Nina la sonde. Soit elle mérite une nomination pour un oscar, soit elle n'a aucun souvenir de leur incartade.

– Tu... Tu ne te souviens de rien ? demande Nina.

Carine fait mine de réfléchir.

– Je me souviens d'avoir beaucoup ri, et beaucoup bu, mais pour le reste... C'est assez flou.

Si elle n'avait fait que boire, songe Nina. Carine reprend :

– Tu sais, la dernière fois que j'ai bu autant, j'aurais enlevé mon soutien-gorge avant de danser en le faisant tourner au-dessus de ma tête. Et je ne m'en souviens plus.

Nina pouffe de rire en imaginant Carine, d'ordinaire si mesurée, prendre son sous-vêtement pour un lasso. Elle réfléchit aussi vite que ses méninges fatiguées le lui permettent et décide d'opter pour un demi-mensonge.

– Non, ce n'est pas toi. C'est à propos de moi. Tu m'as vue embrasser une fille.

Carine hausse les sourcils en une expression attendrie.

– C'est tout ?

Nina hoche la tête en rougissant.

– Et c'était bien ?

Second hochement de tête, violent rougissement.

– Ça va, il n'y a pas mort d'homme ! s'exclame Carine. La curiosité n'est pas toujours un vilain défaut.

Elle se lève et se dirige vers la cuisine.

– Je te fais un thé ?

Nina relâche un soupir de soulagement. Carine restera Carine, sans qu'aucune interférence vienne jouer les trouble-fêtes.

Bénissant un court instant les effets amnésiques de

l'alcool – ou des pilules magiques –, elle répond, plus légère :

– Volontiers.

Le soir même, après avoir repris une contenance et un Doliprane, Nina retrouve Marcel pour une promenade sur les quais. Le soleil va bientôt amorcer son plongeon derrière les immeubles haussmanniens, l'air s'est rafraîchi, et la fatigue accumulée fait frissonner Nina. Tout en marchant d'un bon pas, elle raconte sa soirée de la veille à un Marcel tout ouïe, ses yeux ronds braqués sur elle.

– C'est pas vrai ?

Il la regarde bouche bée, partagé entre excitation et stupeur. Il imagine un instant la scène. Carine et Nina, enlacées, leurs mains glissant sur leurs corps au milieu du bar, leurs bouches fusionnées, et doit admettre qu'il n'y reste pas indifférent.

– Si… Je crois que je suis encore plus paumée que ce que je pensais.

Ils traversent le pont du Carrousel et Nina aperçoit les Beaux-Arts sur sa gauche, magnifique vestige d'une vie révolue et dont elle est nostalgique. Tandis qu'ils arpentent les quais Voltaire puis Anatole-France où se dresse l'imposant musée d'Orsay, la beauté insolente de Paris ne cesse une fois de plus d'étonner Nina. Le poids de l'histoire jaillit de chaque coin de rue, chaque édifice, chaque café, éclaboussant le paysage de son élégance et de son caractère. Dans un élan inattendu de patriotisme, Nina se sent soudain fière de faire partie de ce patrimoine.

Ils déambulent au bord de l'eau, longeant les péniches

garées en double file qui attendent leur cargaison de touristes pour larguer les amarres. Marcel s'accroupit pour saisir une pierre plate qu'il fait tourner entre ses doigts. Il semble réfléchir un instant puis se penche un peu plus pour l'envoyer ricocher avec adresse sur une dizaine de mètres.

– Regarde cette pierre, Nine. Si tu la lances mollement, sans intention, elle ne pourra pas ricocher. Par contre, si tu accélères le mouvement de ton poignet, elle rebondira, encore et encore, jusqu'à s'arrêter inévitablement. Comme toute existence sur terre.

Nina regarde les ondes laissées par le passage de la pierre sur l'eau. Elle n'est pas certaine de saisir le message.

– La vie c'est pareil, il ne faut pas hésiter à continuer d'avancer, à foncer dans le tas, c'est l'unique moyen de rebondir.

Ils restent un instant à contempler le léger courant de la Seine, le regard tourné dans la même direction, et Nina se dit que Marcel a raison. La victimisation et l'abattement ne sont pas une solution, elle ne fera couler la pierre que plus tôt. Dorénavant, elle tâchera de prendre les challenges de la vie à bras-le-corps, d'accepter ce qu'elle ne peut pas contrôler, et d'agir sur ce qu'elle peut changer. De donner quelques rebonds supplémentaires à son destin.

– Foncer dans le tas, hein ? C'est comme ça que tu procèdes avec les filles ? lance Nina, taquine. Je comprends mieux pourquoi tu galères…

– Galérer, moi ? Tu rigoles, on m'appelle le tombeur

de ces dames, le Casanova des temps modernes, le Brad Pitt tarbais. Même Romain ne m'arrive plus à la cheville.

Nina éclate d'un rire qui pourrait presque offusquer Marcel ; heureusement, ce dernier ne manque pas d'autodérision. Elle tente de reprendre, plus sérieuse :

– Si tu as besoin de deux ou trois conseils, n'hésite pas surtout !

– C'est vrai que maintenant tu peux me conseiller sur comment choper des nanas. Pratique.

Nina rit de plus belle puis se tourne vers le profil de Marcel, paré de ses tirades philosophiques approximatives et de son humour habituel. Ses cheveux fins flottent au gré de la brise et une sensation agréable se diffuse dans la poitrine de Nina. Le sentiment d'être en quelque sorte à la maison, du moment qu'il est près d'elle.

– Mon frère va se marier, l'été prochain. Tu voudrais bien m'accompagner ?

Il lui rend son regard, un condensé de force tranquille au fond des yeux.

– D'accord, répond-il avec un sourire.

Puis, après un silence :

– C'est quoi, les deux ou trois conseils ?

33

Le cérémonial doit être parfait. Il ne s'est pas coltiné toutes ces années d'abstinence pour bâcler son comeback. Romain enlève son tee-shirt et appuie sur le bouton ON de sa chaîne hi-fi. La voix de Bob Marley s'élève dans la pièce et le tempo du reggae lui ferait presque esquisser un pas de danse. Il s'assoit en tailleur sur son lit et étale son matériel devant lui. Il prépare l'herbe, la hume et la dispose dans la feuille de tabac, puis lèche avec application les côtés de la feuille avant de la rouler. Comme avant de faire l'amour à une femme, il fait durer le plaisir, fait grandir l'impatience.

La veille, il avait appelé Karim, son fournisseur de l'époque, lequel s'était exclamé :

– Romain de Poissy ? La vérité j'croyais que t'étais mort, frère.

Romain avait souri, il avait toujours bien aimé Karim.

– J'ai tenté une autre voie. J'ai essayé de me sevrer.

Karim, lui, faisait visiblement toujours la même chose. Il avait eu un petit rire, à mi-chemin entre le mépris et la compassion.

– Mais on y revient toujours, pas vrai ?

Un court silence s'était installé, puis Romain avait repris sur le ton de la conversation :

– Et toi, les affaires vont bien ?

– T'as pas idée, frère. Paris est en train de devenir Toxicoland. Bon et tu veux quoi ? Comme d'hab ?

Il ne sait même pas pourquoi il craque maintenant. Mais après tout, Karim avait raison, l'envie n'était jamais partie, et il n'a plus la force de lutter. Il en a besoin, c'est tout.

Il tire sa première taffe et ferme les yeux. Les effets ne tardent pas à se faire ressentir, décuplés par les années de privation, et Romain s'allonge contre son oreiller pour en savourer chaque particule.

Si pathétique que ce soit, c'est dans ces moments-là que sa vie prend tout son sens. Dans ce laps de temps, le visage anguleux de son père disparaît, les yeux de sa mère cessent de lui demander pardon et le visage de Joseph s'éclaire. C'est là aussi que le doux sourire de Maria, la nounou que son père avait engagée pour le décharger d'un quelconque rôle dans l'éducation de Romain, s'invite à l'occasion. Maria qui l'avait bercé le soir, qui l'avait consolé, qui l'avait aidé à grandir. Certes, cela n'avait pas été suffisant, en l'absence de parents, pour combler le vide abyssal dans son âme d'enfant, mais elle avait été là, elle. Et la façon dont elle regardait son père lorsque celui-ci avait le dos tourné attestait du mépris qu'elle lui portait. Bien qu'elle n'osât pas le critiquer devant lui, Romain savait ce qu'elle en pensait, de cet homme blindé d'argent mais cuirassé du cœur, et cela leur faisait un point commun, dissimulé sous des sourires de façade.

Délesté des fantômes de son passé, il aime se raccrocher à ces instants furtifs où son futur en forme d'impasse semble encore possible. Le temps d'un joint, le temps d'un rail, la vie paraît aussi légère que la fumée grise qui tournoie au-dessus de lui. Puis les effets se dissipent et la gravité reprend ses droits. Avec d'autant plus de lourdeur. Il tire sur le mégot avec avidité, il sait déjà que l'herbe ne lui suffira bientôt plus. Il connaît le système, l'engrenage dans lequel il vient de remettre le doigt, l'escalade des sensations chimiques pour endormir la brutalité de ses pensées incessantes.

Et cette fois, il n'y aura peut-être pas d'issue.

*

Au même moment, de l'autre côté du périphérique, Marcel sort d'un café en compagnie d'une jeune femme brune. Tous deux désireux d'étirer l'instant, ils continuent de parler pendant que cette dernière allume une cigarette d'un geste désinvolte.

Elle est jolie, Maya, avec sa peau mate et ses longs cheveux noirs bouclés qui tombent en cascade entre ses omoplates. Assis côte à côte en terrasse de l'un de ces cafés parisiens où l'on préfère regarder les passants plutôt que son interlocuteur, il a eu tout le loisir d'observer son profil dont le front légèrement bombé et le nez droit s'harmonisent à merveille. Elle est drôle, aussi, avec ses reparties aussi foudroyantes qu'un éclair zébrant le ciel, et Marcel s'est délecté de ce ping-pong verbal endiablé, autant que du col en V de son caraco laissant deviner la naissance de ses seins.

Maya est une fille d'immigrés. Elle a connu les galères, les regards pas toujours tendres et l'envie de trouver sa place dans la société. Elle affiche une détermination farouche, une confiance inébranlable, propre à ceux qui n'ont d'autre choix que de jouer des coudes pour s'imposer. Cette force de vie lui confère une aura incroyable.

Pourtant, Marcel sait déjà que cette relation ne les mènera nulle part. Depuis que Maya a dégainé le paquet de cigarettes de son sac à main, l'espoir d'un avenir commun s'est envolé avec les premières exhalaisons de tabac s'échappant de sa bouche en cul-de-poule.

Il poursuit la discussion, mais son esprit est déjà ailleurs. Il ne comprend pas d'où proviennent ces nouvelles exigences. Il devrait pourtant s'estimer heureux qu'une fille comme Maya ait accepté ce rendez-vous, et qu'elle le regarde à présent avec une intensité qui aurait suffi à le déstabiliser à l'époque. Cependant, son cerveau a revêtu son gilet pare-balles que même la beauté sensuelle de Maya ne parviendra pas à transpercer.

Il y en a eu, des rendez-vous, depuis Anaïs, quelques nuits d'amour aussi. Mais inévitablement, il devenait obnubilé par le moindre défaut : une façon de parler, une odeur, une démarche, un grain de peau. Il filtrait les moindres imperfections de ses conquêtes pour n'en garder qu'un jus amer de déception. Désormais, il n'est plus déçu, mais résolu à attendre une évidence qui chassera son fatalisme.

Immergé dans ses pensées, il ne s'est pas aperçu que Maya s'est arrêtée de parler. Elle a jeté son mégot et l'a écrasé du bout du pied, puis s'est approchée de lui. Sans solliciter son aval, elle pose délicatement ses lèvres sur les siennes. Elles sont douces, audacieuses. Son haleine sent le tabac, mais le baiser n'en reste pas moins agréable. Marcel ferme les yeux et se laisse aller. Il pose une main sur la mâchoire délicate de Maya et plonge de tout son être dans les délices de son désir naissant. Le voyage est sucré et puissant, suffisamment pour que Marcel laisse tous ses questionnements de côté. Sa bouche collée à celle de Maya, il est à vingt mille lieues sous les mers, à un endroit où ses problèmes ne peuvent plus l'atteindre, où seule l'exploration de l'autre compte.

En ouvrant les yeux, il réalise néanmoins que le visage de Maya, si harmonieux soit-il, n'est pas celui qu'il voudrait voir à quelques centimètres du sien.

Et il sait à quoi ressemble cet autre visage.

34

Jour J + 2

Le square ne possède pas grand-chose. Quatre bancs qui se battent en duel, une dizaine d'arbres rachitiques, une petite fontaine au centre, asséchée depuis belle lurette, mais Joseph aime cet endroit. Presque tous les jours, il retrouve Momo après les cours pour se rouler un bédo « en amoureux », comme ils disent. Momo apporte sa petite enceinte et ils écoutent de la musique en dodelinant de la tête sur l'un des bancs à la peinture verte écaillée.

– Jo !

Momo lui fait un signe de tête en direction de l'entrée du parc où une silhouette trapue qu'il connaît bien avance vers eux. Encore ce pot de colle, fulmine Joseph en tentant de paraître décontracté. Il ignore ostensiblement l'homme, même lorsque celui-ci est posté juste devant eux. Il commence pourtant à s'habituer à ces intrusions dans sa vie. C'est presque devenu un rituel entre eux. L'homme débarque, tente une approche en douceur ou lui fait la leçon, et Joseph le rembarre. Une sorte de jeu à la Tom et Jerry, dans lequel il a toujours le dernier mot.

Il doit bien avouer que cela lui ferait bizarre de ne plus voir surgir de temps à autre son visage contrit d'homme coupable qui tente de racheter sa faute.

Il n'a pas dit à sa mère que son chauffard lui rendait régulièrement visite. Elle lui aurait asséné son discours sur le pouvoir du pardon et aurait même été capable de l'inviter à prendre un café chez eux. Bien que Joseph commence à le tolérer, il ne fallait pas pousser non plus.

– Salut, les gars, lance Romain en fourrant ses mains dans les poches.

Il en est presque touchant, à vouloir faire ami-ami avec lui afin de lui faire passer ses messages moralisateurs de mec repenti.

– Hum ! répond Joseph en tirant sur son mégot sans le regarder.

– Je peux ?

Sans attendre de réponse, Romain se fait une place au milieu des deux adolescents, obligeant Momo à se décaler tout au bord du banc.

– Fais comme chez toi, surtout, marmonne-t-il entre ses dents, une fesse dans le vide.

Romain fait un signe de la main à Joseph pour lui ordonner de lui prêter son mégot. Ce dernier suspend son geste, le bras en l'air, et Romain en profite pour saisir le joint entre ses doigts. Il en tire une taffe et ne peut réprimer une grimace.

– Dis donc, c'est pas terrible votre truc, là, il faudrait que je vous fournisse de la bonne came.

Il se retourne vers Joseph qui le regarde, interloqué.

– Ouais, je m'y suis remis… Faut croire que je suis un cas désespéré.

Les deux garçons gardent un instant le silence, entourés d'un malaise grandissant dont Romain s'amuse beaucoup. Il s'installe confortablement et pose un bras sur le dossier du banc, derrière Joseph. Il observe le square en ruine, se souvient avoir traîné dans des endroits identiques quand il était plus jeune, excité à l'idée de passer pour un malfrat, pour un dur à cuire. Les cuites, les gangs et les bad trips, c'était son mode de socialisation, ainsi que les seuls moments où il n'était pas avec Marcel. Ce dernier trouvait toujours une excuse pour ne pas l'accompagner, il avait peur de ce monde obscur dans lequel Romain croyait s'épanouir. Il sourit en pensant à son meilleur ami, à sa droiture, puis reprend le fil de ses idées. Ce pour quoi il est venu aujourd'hui, une dernière fois.

– Je sais que tu m'en veux, et que tu en veux à ton père d'être parti, et tu as bien raison. Nous ne sommes que des minables, lui et moi. Rien ne t'oblige à être un homme meilleur pour compenser notre attitude. Après tout, c'est ta vie, tu as le droit d'en faire ce que tu veux. Mais pour le peu que j'en ai vu, il y a bien quelqu'un qui en vaut la peine dans tout ça.

Il redonne le joint à Joseph et plonge ses yeux noirs dans ceux tout aussi sombres du jeune homme.

– Ta mère a besoin de toi, ne la laisse pas tomber.

Romain se lève et réajuste le col de son polo.

– Allez, je dois filer. Je ne t'embêterai plus, rassure-toi. De toute façon, tu es un grand garçon, tu sais ce que tu as à faire.

– Pourquoi ? Tu pars ?

– Oui, je quitte Paris. À plus, Joseph.

Romain s'éloigne sans se retourner et Joseph réalise qu'il s'est également levé, faisant tomber son mégot à terre. Il se rassoit doucement sur le banc sans prendre la peine de le ramasser.

– Ça va, mec ? T'es tout blanc. Me dis pas que tu es triste d'être enfin débarrassé de ce bouffon ? ricane Momo à côté de lui.

– Mais non, zéro, dit-il en pouffant. Au contraire !

Pourtant, son cœur se serre tandis qu'il suit du regard la chevelure brune de Romain jusqu'à ce que celui-ci bifurque et disparaisse de son champ de vision.

35

Le TGV file à plus de trois cents kilomètres-heure pendant que Marcel somnole contre la vitre. Il sursaute parfois quand un autre train les croise en sens inverse, provoquant un bruit sourd qui le tire brusquement de sa rêverie.

Il a pris le premier train de six heures quinze afin d'être au bureau à dix heures. Christine était déjà au garde-à-vous dans la cuisine pour lui préparer une omelette et du café, comme l'aurait fait sa propre mère. Il n'a pas voulu réveiller Nina, il sait qu'il la verra en fin de semaine et cela le réconforte. Elle n'aura presque pas le temps de lui manquer.

Il n'a aucune envie d'aller travailler, comme souvent. Il y a bien longtemps qu'il ne s'épanouit plus en créant des sites internet à longueur de journée, retranché dans ses codes binaires pour mieux se déconnecter de la réalité. Toutefois, il sait par expérience qu'il procrastinera et s'enfoncera sûrement dans les méandres de son ennui jusqu'au point de non-retour. Où est donc passé le jeune homme qui n'avait peur de rien ? Celui qui, quelques années plus tôt, était venu à Paris pour conquérir le monde, ouvrir ses horizons et devenir quelqu'un ? Il n'a guère évolué depuis. Même job, même appartement, même célibat. Lui-même n'en revient pas de camper encore dans le salon de Romain. À trente et un ans, il stagne, et semble se complaire dans cette inertie. Heureusement, le conservationnisme a aussi du bon. Nina, Romain, les échecs, des repères immuables l'empêchent de dériver. Des ancres précieuses dans une vie de tempêtes, c'est peut-être ça le secret d'une vie réussie. Il ricane entre ses dents ; son actualité existentielle relevait plus du lac de montagne que d'une mer déchaînée.

Malgré tout, il serait temps qu'il cherche un appartement et prenne enfin son envol. Qu'il apprenne à être seul, aussi. Il l'annoncera à Romain ce soir, et redoute sa réaction.

Il est presque dix-neuf heures lorsqu'il franchit le seuil et pose les clés sur le guéridon de l'appartement. La journée a été longue, le manque de sommeil et de motivation le faisant piquer du nez à plusieurs reprises devant l'écran de son ordinateur. Il ferme la porte, fait quelques pas sur le vieux parquet lisse du hall d'entrée et s'attarde sur le profond silence. Celui-ci plonge l'appartement dans un vide inhabituel, comme dépourvu de matière. Une tension s'empare du corps de Marcel telle une mise en garde. Afin de chasser le trouble, il fait résonner sa voix depuis l'entrée :

– Je suis là !

Seul ce même silence lui répond. Romain devrait déjà être rentré. Dans son message de ce matin, il demandait un récapitulatif du mariage et lui donnait rendez-vous à l'appartement. Ils sont devenus un vieux couple, connaissant par cœur les habitudes de l'autre, se prévoyant des soirées en tête à tête pour parler de tout et de rien, ou parfois ne pas parler du tout.

Marcel dépose son sac à dos par terre et saisit son téléphone dans sa poche arrière.

Tu rentres quand ? Je t'attends à la maison.

Un message de vieux couple, sans aucun doute. Marcel sourit, efface, et recompose le message.

Je suis à l'appart, petite bière quand tu rentres ?

Il appuie sur la touche Envoi et entend instantanément une brève sonnerie résonner à quelques pas de lui. Marcel jette un coup d'œil et aperçoit le téléphone de Romain posé en évidence sur le plan de travail de la cuisine. Son ventre se contracte. Romain ne s'en sépare jamais, il l'emporte partout, jusque dans la douche, jusque sous son oreiller. Il aurait pu être le premier cobaye d'une greffe de téléphone sur la paume, il n'y aurait vu aucune différence.

Marcel s'empare de l'appareil et le tourne sur lui-même avec précaution. Sa voix s'élève à nouveau, plus forte.

– Romain, t'es là ?

Le téléphone à la main, il inspecte la salle de bains puis longe le petit couloir qui mène à la chambre de Romain. En posant sa main sur la porte pour la pousser, il sait. Durant cette fraction de seconde interminable, il a déjà compris que ce qu'il découvrirait au-delà du seuil le marquerait pour le restant de sa vie. Une prémonition, une certitude au creux de son abdomen qui le fait hésiter un court instant avant de pénétrer dans la pièce. Marcel ferme les yeux, et, lorsqu'il les rouvre, son esprit refuse l'intolérable scène qui s'étale devant lui.

Le corps de Romain gît par terre, inanimé, le visage d'une pâleur extrême. Des boîtes de médicaments sont éparpillées autour de lui, leurs plaquettes en aluminium éventrées sur le sol.

Marcel reprend difficilement le contrôle de ses mouvements et se précipite pour s'accroupir auprès de Romain, le cœur battant à tout rompre au fond de sa gorge. Il se penche sur sa poitrine pour écouter son cœur, tente de trouver un pouls sur son poignet, de percevoir un souffle de sa bouche entrouverte, mais il est tellement paniqué qu'il en oublie tous les gestes appris et répétés lors de sa formation de secourisme. Jamais il n'aurait pensé devoir les appliquer sur l'une des personnes qu'il aime le plus au monde. Ses gestes sont brouillons, inefficaces. Il se sent inutile, démuni. Romain est tout blanc, il ne respire pas, et ses lèvres sont glacées lors du bouche-à-bouche que Marcel effectue en dernier recours.

Celui-ci abandonne ses tentatives désespérées et manipule maladroitement son téléphone, le faisant tomber par deux fois avant de réussir à composer le numéro du SAMU. Il a calé Romain au creux de son bras et regarde son visage toujours aussi livide. Lorsque la standardiste décroche, les larmes jaillissent de manière incontrôlable et Marcel peine à communiquer son adresse. Les mots, les explications s'emmêlent, pris dans la toile d'une panique étouffante. Il est incapable de sauver la vie de son meilleur ami. Il raccroche et attend les secours, hébété, tout en berçant Romain contre lui, ses sanglots le suppliant de ne pas le laisser.

Moins de dix minutes plus tard, deux pompiers et un ambulancier déboulent dans l'appartement et écartent Marcel sans ménagement. Ils se communiquent des instructions à toute vitesse, le visage fermé dans cette course contre la mort, le ton imperturbable de ceux qui l'ont déjà vue de près, à de trop nombreuses reprises. Après avoir exercé un massage cardiaque, les trois secouristes déposent Romain sur un brancard et disparaissent à grandes enjambées.

En quelques secondes seulement, Marcel se retrouve seul dans la chambre, enveloppé par les battements de son cœur et le hurlement de l'ambulance en bas de la rue. Le calme après la tempête, après le tsunami qui aura peut-être eu la peau de Romain. Les pompiers n'ont pas voulu qu'il les accompagne, alors il reste quelques minutes au sol, sonné jusqu'à la moelle. Puis, machinalement, il ramasse les boîtes de médicaments, une à une. Il y en a quatre, Romain a dû ingurgiter l'équivalent d'une trentaine de pilules. Il ne voulait pas se rater. Romain n'a jamais fait les choses à moitié.

Marcel s'interrompt, il n'arrive plus à penser, n'arrive plus à bouger. Quand il reprend conscience de son corps, son premier réflexe est de composer le numéro de Nina. Une voix, joyeuse, répond aussitôt :

– Alors, je te manque déjà ?

36

Nina s'est précipitée dans le dernier train pour rejoindre Marcel. Les trois heures les plus longues de sa vie. Ses pas résonnent dans l'entrée de l'hôpital quand elle arrive aux urgences mais sont rapidement étouffés par le chaos ambiant. À bout de souffle et désemparée, elle cherche des yeux le bon étage, le bon service. Dans les couloirs surpeuplés en dépit de l'heure tardive, elle croise des enfants en pleurs, des soignants surmenés et des gens allongés sur des brancards, dont certains semblent inconscients. Elle dépasse des gens assis sur des sièges en plastique blanc, le visage plongé entre leurs mains, ou endormis, malgré le bruit, la tête appuyée contre le mur.

Quand elle le voit, assis sur l'un des sièges, le dos voûté, elle se précipite vers lui, au comble de l'affolement. Marcel tourne vers elle ses yeux rouges et son teint défait. Tout son visage s'est affaissé. Le médecin vient de le quitter. Marcel ne peut sortir un son, alors il secoue simplement la tête en direction de Nina. Elle met une main devant sa bouche et s'accroupit contre le mur le plus proche, au bord de l'évanouissement. Marcel la rejoint, s'adosse à ses côtés puis la prend dans ses bras pendant que ses sanglots déchirants, les mêmes pleurs profonds que Marcel a déversés durant ces dernières heures, se mélangent au tumulte du couloir.

Lorsque le chagrin leur accorde un instant de répit, ils se dirigent comme des zombies jusqu'à la cafétéria de l'hôpital et s'attablent autour d'un thé.

Marcel extirpe de sa poche une enveloppe froissée qu'il a récupérée sur la table de nuit de Romain et la pose devant Nina. *Pour Marcel* est apposé dessus, mais il n'a pas encore eu le courage de l'ouvrir. Il attendait que Nina arrive. Elle l'encourage d'un signe de tête.

Il décachette l'enveloppe et parvient à maîtriser tant bien que mal une nouvelle montée de larmes.

Marcel,

Si tu lis ces mots, c'est que je suis enfin débarrassé de mon carcan, mais je veux que tu saches que s'il existe une toute petite chose qui met en doute ma décision, c'est bien toi, mon pote. Cela fait vingt ans que ta gueule d'ahuri illumine ma vie, une vie qui m'a toujours semblé si lourde à porter, du plus loin que je me souvienne, mais qui, grâce à toi, a connu des moments épatants de légèreté. Aujourd'hui, ce mal de vivre me pousse doucement vers la sortie, et je me dis que tu vas quand même sacrément me manquer.

Ne sois pas triste, je suis soulagé, crois-moi. Il y a des gens qui ne sont tout simplement pas faits pour la vie et ses écueils, et pour tout ce qu'elle a d'autre à offrir. Tu m'as déjà sauvé la vie une fois, me permettant d'engranger quelques précieux souvenirs ensemble, et je t'en remercie. Mais pas cette fois. Cette fois je dois aller jusqu'au bout du chemin tout seul, parce qu'il ne peut pas en être autrement, parce que je n'ai plus la force de me porter à bout de bras.

Contrairement à moi, tu t'es donné les moyens de l'aimer, cette vie. Tu t'y es intéressé, tu as appris à l'apprivoiser, à aimer ce qui t'entoure, à t'aimer toi-même. Tu as aussi appris à accepter ses déboires, sans jamais avoir besoin de te noyer dans des volutes de fumée, des petites pilules ou de la poudre blanche qui font éclater le cerveau pour ne plus penser. Tu l'as prise à bras-le-corps, de plein fouet parfois, avec dignité et humilité, et pour ça tu as toujours eu mon plus grand respect. Tu as grandi, évolué, tu es devenu quelqu'un de bien, et ce n'était pas gagné pourtant ;) !

Néanmoins, si je peux te faire passer un dernier message, ce serait celui-là. Marcel, cela fait presque dix ans que le destin a mis sur ton chemin la pièce manquante à ton amour inconditionnel pour la vie. Dix ans que je vous regarde vous tourner autour, dix ans que le timing n'est pas le bon, que vous avez peur de vous perdre, alors que vous êtes faits l'un pour l'autre. Pourquoi êtes-vous les seules personnes incapables de le voir ? Vous vous aimez, profondément, maladroitement, comme des gamins. Nous ne sommes plus des gamins. Et au milieu de tous tes mensonges pour plaire aux nanas, elle est la seule qui te connaisse vraiment, tel que tu es, sans masque. Tu n'en as pas besoin, tu es génial et unique, et elle le sait. Être soi-même avec quelqu'un, c'est la liberté absolue de s'aimer et d'aimer l'autre, c'est ne pas se trahir.

Le temps passe vite, mon ami, surtout lorsqu'on ne saisit pas sa chance. Eh oui, dans la vie, il faut savoir prendre le risque d'être heureux.

Je sais ce que tu dois te dire : plutôt gonflé de la part d'un gars qui ne veut plus prendre le risque de vivre. Je te l'accorde. Mais j'ai essayé, j'ai vraiment essayé. Et je partirai bien plus sereinement en sachant que tu as lu ces mots, et que, j'en suis convaincu, tu trouveras enfin le courage de sauter dans l'inconnu.

Il me reste encore une dernière chose à te dire. On ne se l'est jamais dit auparavant mais je crois que c'est maintenant ou jamais. Je t'aime, vieux.

Romain

Marcel lève des yeux humides vers Nina et lui tend la lettre, les mains tremblantes. Bien que les larmes coulent à torrent le long de ses joues, elle reprend peu à peu des couleurs au fil de sa lecture. Une grimace ressemblant à un sourire vient même se dessiner sur ses lèvres pâles avant qu'elle replie la lettre et la lui remette.

Marcel prend ses mains dans les siennes et ils restent assis face à face en silence, leurs cœurs battant à l'unisson d'une douleur sans précédent.

37

Une scène de crime. Sans en avoir l'air.

Pas de sang, pas d'arme ni de traces de violence. Pourtant, c'était bien là que Romain s'était mutilé de l'intérieur. Dans une autre vie, il y avait quarante-huit heures de cela.

La chambre sent le renfermé, les draps sont défaits, les rideaux tirés, et les quelques vêtements qui jonchent le parquet trahissent la présence récente d'une vie entre ces murs.

Armé d'un carton et du peu de force qu'il lui reste, Marcel se penche pour ramasser l'une des boules de vêtement. Instinctivement, il approche le tee-shirt de son nez et se laisse assaillir par l'odeur imprégnant le coton. Un mélange de tabac, de parfum et de leur lessive. La mémoire olfactive agit en catalyseur et les larmes affluent en même temps que les souvenirs, nombreux, heureux, déchirants à présent. Il était persuadé que le plus dur était derrière lui, lorsqu'il avait entendu le verdict tomber à l'hôpital et son cœur se fendre au même moment. Pourtant, chaque geste qu'il effectue, chaque objet qu'il place dans le carton lui retourne les entrailles : le livre sur sa table de chevet, un roman que Marcel lui avait prêté l'année dernière et dans lequel le marque-page n'a pas atteint la moitié, le téléphone déchargé, les feuilles de tabac et les préservatifs dans le tiroir.

Dans le dressing, Marcel s'empresse de rassembler les tee-shirts, les jeans troués et les sweats à capuche qui donnaient à Romain des allures d'éternel adolescent. À défaut de savoir ce qu'il va en faire, il sait qu'il doit en passer par là. Les visites de l'appartement qu'il compte commencer au plus vite ne lui laissent guère le choix.

Il passe au bureau, aussi encombré que le reste de la pièce. Un ordinateur portable, des classeurs, des factures, mais aussi des photos que Marcel n'a jamais vues. Il s'en saisit d'une main hésitante et les fait défiler l'une après l'autre.

L'une d'elles retient son attention. Celle-ci est abîmée et il doit plisser les yeux pour en détailler les trois protagonistes. René, leur professeur d'échecs, reconnaissable à sa calvitie, se tient de dos, tandis que deux jeunes garçons lui font face, le regard fixé sur l'objectif. Un brun et un blond, âgés de onze ou douze ans, assis devant un échiquier, les mains jointes devant eux avec sérieux. L'un arbore un sourire espiègle, l'autre un air légèrement contrarié.

L'émotion envahit Marcel. C'était Romain qui l'avait persuadé de commencer les échecs. Il venait de voir *À la recherche de Bobby Fischer* à la télévision et s'était mis en tête qu'il pouvait lui aussi devenir un champion de renommée mondiale, ou d'une notoriété suffisamment importante pour forcer le respect de son père. Mais très vite, excédé par l'immobilité et la lenteur du jeu, Romain s'était lassé, tandis que Marcel y avait trouvé sa plus grande passion. Une passion qu'il lui devait.

Derrière sa frimousse de petit garçon, Marcel devine la fêlure déjà présente chez Romain, celle qui ne cessera de grandir jusqu'à rompre son âme.

Marcel passe une main sur son visage blême. Comment n'a-t-il pas décelé ce qui se tramait ? Il savait que Romain était un être torturé, mais de là à vouloir en finir… Connaissait-il seulement celui qu'il considérait comme un frère ?

Il s'assoit lourdement sur le lit aux ressorts grinçants, la photo entre ses doigts. Si seulement il pouvait revenir en arrière, anticiper le point de non-retour et trouver les mots justes. Les mots qui auraient redonné envie de vivre à son ami, qui l'auraient éloigné du vide sous ses pieds.

La sonnette de la porte d'entrée le fait sursauter. Il essuie une dernière larme échappée et décide de reporter le tri à plus tard.

Nina est sur le seuil avec un sac en papier à la main d'où s'échappe une odeur alléchante de sauce aigre-douce et de friture.

– Livraison chinoise. Je suis sûre que tu n'as même pas pensé à manger, dit-elle en pénétrant dans l'appartement.

À part un café, il n'a en effet rien avalé depuis la veille. Il remercie Nina d'un regard tandis qu'elle l'observe engloutir ses nouilles sautées. Marcel pose ses couverts et rompt le silence :

– Je vais partir d'ici, Nine. Je vais quitter Paris.

Nina se fige, baguettes en l'air, et comprend à son visage fermé que sa décision est prise.

– Je veux retourner dans le Sud-Ouest, reprend-il en fuyant son regard, vers mes racines, mes parents. Je veux changer de taf, changer de vie.

Un vent de panique s'empare d'elle, mais elle parvient à se contenir et hoche simplement la tête. Marcel n'a pas besoin de ses jérémiades. Il s'est d'ailleurs replongé dans ses pensées et son plat de nouilles qu'il finit de dévorer comme une revanche sur la vie.

Cet appartement, que le père de Romain avait acheté pour se débarrasser de son fils, Marcel n'en veut pas. Comment continuer à vivre dans cet endroit hanté par la présence de son meilleur ami ?

Il aimerait proposer à Nina de le suivre, de s'éloigner de cette tragédie. Il voudrait lui dire que l'idée de vivre loin d'elle le meurtrit, mais que celle de continuer à vivre comme si de rien n'était lui est insupportable.

Dans ses rêves les plus fous, il lui proposerait de ne jamais se quitter, de chercher un travail avec elle, de se serrer les coudes loin des mondanités de la capitale et de retourner faire de la randonnée dans les Pyrénées. Dans ses rêves les plus fous, il a le courage d'oser, et l'audace de paraître déraisonnable. Au fond de son bol de nouilles, rêve et réalité se mélangent pour ne faire qu'un, et la question s'échappe de ses lèvres comme s'il pensait tout haut.

– T'en penses quoi ?

Il réalise que sa proposition utopique n'a existé que

dans sa tête, et qu'elle pense sûrement qu'il parle de sa décision de partir.

Nina le regarde, la gorge serrée. « Ne me laisse pas. » Voilà quelle serait sa réponse, si elle parvenait enfin à parler. Elle lui prend la main par-dessus la table et approuve son choix d'un nouveau hochement de tête. Et tandis qu'il se lève pour débarrasser, Nina ferme les yeux et s'oblige à chasser les mots dansant devant sa rétine.

Ces quatre mots si simples en apparence, et pourtant si difficiles à prononcer.

38

Quelques jours plus tard, ils sont une dizaine de personnes à s'être réunies dans le petit cimetière de la Tournelle, à Poissy. Faire au plus pratique pour ses obsèques, telle était la dernière volonté de Romain. Le cimetière le plus proche, la cérémonie la plus sobre. Pas de faire-part ni de réception en son honneur. Il n'avait pas voulu accabler Marcel d'une logistique trop encombrante.

Dans son bref testament, Romain léguait ses maigres biens à Joseph, hormis l'appartement, qui reviendrait à Marcel. Ce dernier fut surpris en recevant l'appel du notaire ; les papiers étaient en règle et les consignes précises. Romain avait tout prévu. Depuis quand préparait-il son coup ?

Devant la fosse au fond de laquelle le cercueil en pin attend d'être recouvert se serrent quelques collègues, une ancienne conquête, Nina, Sylvia, Marcel et ses parents qui sont arrivés de Tarbes le matin même. Le père de Romain a aussi fait le déplacement, mais il se tient à l'écart, le visage impassible. Cela fait des années qu'il a coupé les ponts avec Romain, mais il est là, cet après-midi, maintenant que son fils est en terre. Il effectue son dernier devoir de père, ni plus ni moins, et Marcel sent une colère sourde l'envahir. S'il s'écoutait, il pourrait en venir aux mains.

Une silhouette imposante est également postée en retrait. Malgré les années et ses cheveux blancs, Marcel la reconnaît immédiatement. Jean-Marie lui adresse un signe discret de la tête, puis son regard voilé se redirige vers la fosse. Les souvenirs affluent dans l'esprit de Marcel. La récolte à Saint-Honorat, les cigales et l'odeur des pins. Une semaine qui avait réussi à relancer Romain, du moins le croyait-il. Et puis il y avait eu cette dernière soirée sur l'île, cette peau qu'il avait caressée, et dont il avait craint ne plus pouvoir se passer. Marcel jette un coup d'œil à Nina, près de lui. Elle porte un élégant pantalon à pinces et un blazer noir, et garde ses yeux secs rivés sur le cercueil, un air atterré sur le visage. Tout en passant un bras réconfortant autour de ses épaules, Marcel repère deux personnes approcher timidement sur sa droite. Un jeune garçon vêtu d'un costume trois pièces bleu marine, au bras duquel une femme aux longs cheveux bruns s'appuie en boitant. Le garçon a posé une main protectrice sur celle de sa mère et avance le dos droit, solennel. Marcel ne les a jamais vus mais il les reconnaît malgré tout, et leur présence l'émeut.

Lorsque Joseph se recueille à son tour devant la fosse, Marcel reçoit les condoléances des seuls rescapés du passé de Romain. Du coin de l'œil, il voit le jeune homme s'agenouiller pour prendre une poignée de terre. Celui-ci reste immobile un instant, à observer le contenu de sa main, puis plonge son autre main dans la poche de son pantalon. Quand il se décide à lâcher la terre sur le cercueil, Marcel croit voir un sachet transparent s'être joint à son mouvement.

À la sortie du cimetière, le petit groupe se dissipe rapidement. Marcel embrasse ses parents qui, inconsolables, s'engouffrent dans un taxi en direction de l'aéroport. En voyant le père de Romain s'éloigner à grands pas sur le trottoir d'en face, Marcel n'y tient plus. Il traverse la rue en courant et l'interpelle :

– Qu'est-ce que vous faites ici ?

L'homme se retourne et le toise, le regard glacial.

– Pardonnez-moi, vous êtes… ?

– Marcel Dubourg, le meilleur ami de Romain, son colocataire et héritier.

Mesquine vengeance. La colère brouille sa lucidité et fait trembler sa voix. L'homme esquisse un sourire mauvais, celui que l'on adresse aux parasites.

– Je n'ai pas besoin de justifier ma présence ici, monsieur Dubourg, je suis son père.

– Son géniteur, à la limite, riposte Marcel, les dents serrées. Certainement pas son père.

L'homme bondit sur lui sans crier gare. En une seconde, il se retrouve nez à nez avec Marcel et lui postillonne au visage.

– Écoute-moi bien, petit merdeux. Tu ne me connais pas, tu ne sais rien de ma vie, ou seulement ce que Romain a bien voulu t'en dire, mais lui non plus ne savait rien, alors tu peux la fermer.

L'agressivité qui se dégage de l'homme fait instinctivement reculer Marcel, sans qu'il se démonte pour autant. Il demande d'une voix ferme :

– Qu'aurait-il dû savoir ?

L'homme s'écarte d'un pas et plante ses yeux dans ceux de Marcel. Le silence s'installe, l'homme semble peser le pour et le contre, puis il déclare :

– Après tout, autant que quelqu'un connaisse la vérité.

Les jambes de Marcel flageolent, il n'est plus tout à fait sûr de vouloir l'entendre. L'homme reprend d'un ton détaché :

– Contrairement à ce que Romain croyait, sa mère n'est pas morte dans un accident. Elle s'est suicidée.

Marcel chancelle. Les images du corps sans vie de Romain refont surface et lui donnent la nausée. L'homme ne bronche pas tandis que Marcel bredouille un « Quoi ? » à peine audible. La réponse fuse sans tarder.

– Ma femme, Catherine, était douce, intelligente, sublime. Elle avait toujours été un peu instable, imprégnée d'une mélancolie sur laquelle on ne mettait pas de nom à l'époque. Mais elle était toute ma vie, et elle voulait un enfant. Plus que tout. Alors je m'y suis résolu, pensant pallier la tristesse qui couvait parfois dans ses yeux. Sans elle, je n'aurais pas eu d'enfant, mais pour la garder j'aurais fait n'importe quoi.

L'homme lève les yeux, laissant les souvenirs affluer. Marcel croit voir son visage s'adoucir imperceptiblement.

– Je n'avais jamais vu Catherine aussi heureuse que durant sa grossesse. Elle débordait d'impatience et de projets. Elle avait presque réussi à me contaminer. Mais à peine Romain né, tout a basculé.

Marcel respire à peine, suspendu aux paroles de l'homme dont les traits se tordent peu à peu.

– Je ne sais même pas si on peut parler de baby blues, tant elle est tombée dans un processus d'autodestruction. À chaque étape de l'évolution de Romain, Catherine se persuadait qu'elle ne faisait pas ce qu'il fallait, qu'elle était une mère indigne et qu'elle rendrait son enfant malheureux, quoi qu'elle fasse. Lorsque Romain pleurait, elle était sujette à des crises violentes de tétanie et restait parfois des heures entières prostrée dans notre chambre. J'étais totalement impuissant, je ne parvenais pas à la raisonner et je n'ai jamais su y faire avec ce gosse. Alors j'ai fini par engager une nounou, ce qui a décuplé son sentiment d'incompétence.

Le regard de l'homme se fixe sur un point au-dessus de l'épaule de Marcel.

– Cela a duré trois ans. Et puis un matin, je l'ai retrouvée baignant dans son propre sang, les veines tailladées. Je n'ai rien dit à Romain. Cela va te surprendre, mais je ne voulais pas l'accabler, j'étais conscient que ce n'était pas sa faute. Mais chaque fois que je le regardais, je voyais uniquement ce que j'avais perdu. L'amour de ma vie. Rapidement, je n'ai plus été capable de supporter sa présence. Il a toujours eu les yeux de sa mère…

L'homme s'arrête, sur le fil, mais se reprend aussitôt, la voix tranchante :

– Visiblement, l'instabilité aussi était génétique.

Il tourne les talons sans ajouter un mot, abandonnant Marcel à ses révélations. Celui-ci ferme les yeux et déglutit péniblement. Retranché dans sa forteresse de douleur et de ressentiment, le père de Romain lui inspirait à présent de la pitié. Mais il était vivant et il avait encore une chance d'être heureux. Romain, lui, qui n'avait connu ni son père ni la vérité, n'aurait plus cette chance.

Le pas lourd, Marcel rejoint Nina, qui a observé la scène de loin. Cramponnée de ses deux mains à son sac en bandoulière comme à une bouée de sauvetage, elle n'a toujours pas prononcé un mot. Marcel lui fait comprendre qu'il ne veut pas s'attarder sur le sujet et ils se mettent en marche, sonnés et titubants, en direction du RER.

Nina offre un instant son visage aux doux rayons du soleil qui viennent de percer à travers le gris du ciel. Marcel observe à la dérobée son nez légèrement retroussé, sa nuque gracieuse, ses cheveux aux reflets d'or. Il aimerait enfouir son visage dans son cou et aspirer son odeur jusqu'à en oublier son chagrin.

Marcel a déjà donné sa démission, il doit récupérer ses affaires dans les bureaux de Newtech dès aujourd'hui, et son départ est prévu pour la semaine suivante. Nina ne l'a jamais connu si réactif, poussé par une urgence de changer d'air qui gonfle les voiles de son exode. Nina, de son côté, va rentrer chez elle, dans un studio qu'elle loue dans le XIe arrondissement et qu'elle n'a aucune hâte de retrouver.

Le RER entre en gare de Charles-de-Gaulle-Étoile. C'est là que leurs chemins se séparent.

Au milieu du hall de la station, ils se donnent une accolade silencieuse. Marcel la serre fort contre lui et lui murmure : « Je t'appelle », avant de rompre leur étreinte. Puis ils s'éloignent l'un de l'autre sans se retourner.

Nina se traîne jusqu'au quai. Son regard s'attarde sur les affiches ornant les murs des souterrains, sur les visages pour la plupart fermés des gens autour d'elle, cet environnement qu'elle ne prend habituellement pas la peine de regarder. Elle flotte dans un état d'hébétude amplifié par l'absence de Marcel à ses côtés.

Le train arrive dans un grincement suraigu et s'immobilise devant elle. Elle s'avance pour rejoindre l'intérieur de la rame où la foule entassée n'a d'yeux que pour son petit écran de téléphone quand soudain elle se fige, le regard en l'air, perdu au-dessus du wagon.

La sonnerie nasillarde résonne en même temps que la fermeture des portes, mais Nina, la bouche entrouverte, n'a pas bougé. Son cœur s'est brutalement accéléré. De l'autre côté du quai, une affiche a accroché son regard, annonçant le retour de Supertramp en concert, après des années d'absence.

Elle ignore pourquoi, mais à ce moment précis, cela suffit.

Elle revoit en accéléré la succession de signes que la vie a mis sur la route de son inconscient. Des indices qu'elle n'avait pas saisis, qu'elle n'était pas parvenue à interpréter, malgré leur impertinente clarté. Parce que ce n'était pas le moment, parce qu'elle ne voulait pas les voir. Elle avait alors dédaigné les signes et tronqué ses émotions.

Mais aujourd'hui, alors que les failles de sa vie lézardent son cœur, elle ne peut ignorer ce message subliminal, caché derrière l'apparence insignifiante d'une affiche de métro.

Le quai sale et bondé disparaît et laisse place au soleil

d'août qui tape sur son front. Marcel danse sous l'olivier du monastère de Saint-Honorat, enhardi par le morceau rythmé de Supertramp. Sa joie de vivre, son sourire et le sentiment de liberté qui avait parcouru Nina quand elle avait saisi sa main la percutent une seconde fois. Les mots de Romain dansent eux aussi au milieu de son souvenir : « Être soi-même avec quelqu'un, c'est la liberté absolue de s'aimer et d'aimer l'autre, c'est ne pas se trahir. » Elle veut cette liberté, elle la veut soudain plus que tout. Elle veut l'honnêteté de Marcel, son humilité, sa maladresse, son dos saupoudré de taches de rousseur et ses lèvres parfaitement imbriquées sur les siennes. L'éclat de son âme contre son cœur et le soleil de son accent au creux de son oreille.

Les failles ont laissé pénétrer la lumière. La crise a laissé place à l'opportunité. Et là, au fond de sa poitrine, elle sent que tout explose.

Les pieds toujours enracinés dans le sol, elle comprend enfin que Marcel n'a pas besoin d'être l'homme parfait pour lui convenir parfaitement.

Un autre métro est sur le point d'arriver en gare, mais ce n'est pas cette rame qu'elle doit prendre. Elle cligne des yeux à plusieurs reprises, frappée par l'évidence si longtemps refoulée, puis tourne les talons et monte deux par deux les marches, direction la ligne deux.

*

Marcel est épuisé. Depuis une semaine, ses nuits ne sont qu'un enchevêtrement de cauchemars et de rêves cruellement réalistes où Romain vit toujours, ce qui rend dans les deux cas ses réveils insoutenables. Il ne supporte plus l'atmosphère irrespirable de l'appartement, ni les nombreux messages pourtant bienveillants qu'il reçoit chaque jour. Nina est la seule personne qu'il arrive encore à tolérer, et devant laquelle il n'a pas honte de s'abandonner.

Tandis que le métro ralentit devant lui, Marcel aperçoit à travers la fenêtre de la rame un homme aux cheveux noir corbeau qui dodeline de la tête au rythme de ses écouteurs. Le violent pincement au cœur lui coupe presque la respiration lorsqu'il prend place à quelques mètres de lui. L'homme se retourne alors, fronce les sourcils et énonce d'un ton réprobateur :

– Dans la vie, il faut savoir prendre le risque d'être heureux.

Marcel se glace, puis se frotte les yeux. En les rouvrant, l'homme est toujours de dos, toujours dodelinant. Marcel, lui, se demande depuis quand il est devenu fou. Les mots continuent de résonner au creux de son oreille et tout s'accélère dans sa tête.

Il doit essayer et en avoir enfin le cœur net. Il le doit au moins à Romain, lui qui a pris la peine d'écrire ces mots alors qu'il s'apprêtait à commettre l'irréparable.

Soudain, l'aveu de ses sentiments ne lui apparaît plus comme un risque, mais comme une nécessité qu'il ne peut plus fuir ni ignorer.

Romain parti, il a désormais l'impression de n'avoir plus rien à perdre.

Demain. Oui, d'ici demain, il aura préparé son discours et donnera rendez-vous à Nina pour lui avouer ce qu'il ressent.

« Le temps passe vite, surtout quand on laisse passer sa chance. »

Marcel secoue la tête pour chasser la voix de Romain de son esprit. Il sent un haut-le-cœur le saisir, serré contre ces inconnus qui courent après le temps, sans cesse, jusqu'à se perdre eux-mêmes.

Il a déjà attendu dix ans, il ne perdra pas un jour de plus.

Marcel joue des coudes pour s'extraire de la rame lorsque la sonnerie retentit. Le corps bloqué entre les deux portes puissantes, il parvient à s'en extirper *in extremis* et se retrouve éjecté sur le quai. Il cherche des yeux le panneau des correspondances. Ligne six.

Au loin, Nina entend les portes du métro se refermer et maudit sa lenteur. Marcel était dans cette rame et brusquement tout lui semble être une question de vie ou de mort. Elle continue de courir, pour la forme, tout en échafaudant un plan. Elle pourrait prendre le prochain train et le poursuivre jusqu'à son terminus, elle pourrait aussi rentrer, se faire belle et débarquer chez lui ce soir. Ou le retrouver demain à tête reposée. Peut-être réagit-elle précipitamment, livrée à une pulsion de vie déclenchée par la mort de Romain et qu'elle confond avec l'amour. Son imagination lui joue des tours, son esprit se brouille tandis que sa foulée ralentit.

C'est alors qu'elle le voit, au bout du souterrain. Et d'un coup tout s'éclaire en une prise de conscience, aussi violente que libératrice.

Elle ne l'a jamais trouvé aussi beau.

Elle le voit hésiter et allonge à nouveau le pas pour se retrouver face à lui, essoufflée, son cœur tambourinant dans sa poitrine.

La surprise a figé Marcel dans son élan, et subitement il n'est plus sûr de rien. Il reste immobile, en bas des marches qu'il vient de dévaler, pendant qu'elle le rejoint, son sac en bandoulière se balançant au rythme de sa foulée. Elle a peut-être simplement oublié quelque chose. Mais une fois face à lui, Nina ne dit rien. Son visage est serein, son regard animé d'une lueur qu'il ne reconnaît pas. Elle semble attendre de savoir ce qu'il fait là, à revenir sur ses pas. Elle incline la tête pour l'inciter à parler, ce à quoi Marcel répond en balbutiant :

– Tiens... Je... Quelle coïncidence ! Tu... Tu voulais me dire quelque chose ?

Guère encline à lui faciliter la tâche, Nina lui sourit simplement. Marcel a terriblement chaud. Il passe une main sur sa nuque, puis se racle la gorge.

– Tu sais... J'ai beaucoup pensé à ce que Romain a écrit dans sa lettre...

Mais Nina, qui le regarde toujours sans ciller, le coupe et pose délicatement un doigt sur sa bouche. Elle repousse une de ses mèches de cheveux, caresse doucement sa joue. Contrairement à lui, elle n'est pas hésitante, pas cette fois. Il n'est plus question d'avoir peur, il n'y a plus le temps pour cela. De ses prunelles incandescentes se dégage une nouvelle assurance, à peine troublée par l'ombre d'une question. Une main tendue vers lui, une invitation à entrer dans la danse, lancée par ses yeux noisette.

Chiche ?

Il croit comprendre son message silencieux et lui sourit en retour. Ils se font face au milieu du couloir, frôlés par le flux de voyageurs pressés. Le temps, suspendu, laisse leurs cœurs se parler pour la première fois. Rien d'autre ne compte, et qu'il est bon, enfin, de ne garder que l'essentiel.

Marcel prend la main de Nina et entrelace ses doigts dans les siens.

Chiche.

39

Un an plus tard…

L'élément déclencheur. Le déclic. Le premier domino entraînant dans sa chute toute une succession d'autres dominos, comme autant de petites barrières mentales démantelées les unes après les autres. Marcel a été à l'origine de la chute émancipatrice de ses croyances et de son assujettissement au jugement de la société. La fin de la course à la perfection, le début d'un nouveau chapitre où son instinct et ses envies auraient enfin leur mot à dire.

Avec Marcel, Nina n'a plus peur d'essayer, d'échouer. Elle n'a plus peur d'être imparfaite, de ne pas plaire à tout le monde, d'être humaine, en somme. Elle a simplement déplacé son ambition sur un autre cœur de cible, celui de son bonheur, où l'amour de Marcel lui permet de viser juste.

Dans la foulée de leur première nuit d'amour, bousculée par la beauté de ce qu'elle s'était empêchée de voir jusque-là, elle avait quitté son poste de décoratrice d'intérieur et cherché un local avec une idée bien précise en tête, dont elle ne démordrait pas. Elle y avait consacré des semaines entières, habitée par la certitude d'être inarrêtable. Il n'était plus question de laisser le moindre domino se mettre en travers de sa route.

En la déshabillant de ses mains, Marcel a également ôté tous ses masques incrustés en elle comme une seconde peau. Devant lui, elle s'est retrouvée nue, pour la toute première fois. Elle a respiré, sans entrave, le cœur à découvert.

C'est en renonçant à sa quête de perfection qu'elle a trouvé en elle des ressources insoupçonnées.

Récompensée de sa persévérance, elle avait fini par trouver l'endroit idéal, au rez-de-chaussée d'un vieil immeuble, du côté de Montmartre, et l'avait transformé en une petite galerie d'art. Ni l'endettement sur vingt ans, ni les lourds travaux, et encore moins la concurrence, ne l'avaient effrayée. Elle était mue par une nouvelle énergie, un nouveau souffle, venu de loin. Elle avait transformé le local en un lieu éclectique et chaleureux, et avait même vendu l'une de ses toiles pas plus tard qu'hier.

La clochette désuète à l'entrée du magasin résonne et Nina accueille le visiteur avec un sourire radieux. Ce dernier la serre affectueusement dans ses bras, l'embrasse sur les deux joues. Bien qu'il ait coupé ses cheveux, Grégoire a toujours cette dégaine de hippie. C'est en grande partie grâce à lui et à sa connaissance du quartier qu'elle a dégoté la galerie de ses rêves. Elle est si heureuse d'avoir renoué contact avec lui, de revivre cette tendresse mutuelle qui ne les a jamais quittés. Elle demande des nouvelles de Léo qui, d'après la photo que Grégoire lui montre sur son téléphone, se porte comme un charme.

– Dis donc, il a bien mangé à la cantine, notre Léo, se moque Nina devant le corps grassouillet du chat tigré, provoquant une mimique faussement outrée sur le visage de Grégoire.

Derrière lui, une jeune femme observe avec attention les différentes peintures, sculptures et bibelots qui ornent la galerie. Grégoire se retourne vers elle.

– Je t'en ai beaucoup parlé, je voulais donc te la présenter. Nina, voici Apolline.

La jeune femme avance, son regard est doux, son sourire timide mais sa poignée de main franche. Sous sa robe souple, le léger arrondi de son bas-ventre ne laisse planer aucun doute. Grégoire scrute la réaction de Nina, inquiet.

Elle-même tâte son ressenti pendant une poignée de secondes, à l'affût d'une pointe au cœur, d'une aigreur quelconque, mais il n'en est rien. Une moitié de Grégoire vit à nouveau dans le ventre d'Apolline, et Nina s'en émeut, y voyant là une sorte de passage de témoin. Son sourire s'agrandit, elle ne ressent rien d'autre qu'une joie bienveillante et savoureuse. Celle de voir Grégoire accomplir sa destinée.

Le soir, lorsque Marcel vient la chercher, elle lui prend la main et l'entraîne dans le petit débarras à l'arrière du magasin.

– Quoi, tu veux faire ça ici ? demande Marcel en regardant autour de lui, calculant le possible emboîtement de leurs corps.

Depuis qu'ils ont goûté à la peau de l'autre, ils s'appliquent à rattraper le temps perdu.

Nina rit en secouant la tête, puis se penche pour soulever une bâche opaque. Dessous, une grande peinture carrée représente deux visages de profil, face à face. Un homme et une femme. Marcel les reconnaît immédiatement. Le coup de pinceau est délicat, subtil et impressionnant de réalisme. Les couleurs sont douces, pastel, les visages captivants. L'homme a les yeux ouverts, posés sur les traits délicats de la femme qui, elle, les a gardés fermés.

Nina effleure le tableau du bout des doigts.

– J'avais déjà peint ce tableau il y a cinq ans… Pour toi. Quand tu avais disparu de ma vie, cela m'avait fait du bien de peindre. J'avais simplement laissé le pinceau faire le travail et je savais qu'un jour, j'arriverai à te le donner.

Elle se retourne, les yeux brillants.

– Je savais qu'un jour, j'arriverai à ouvrir les yeux sur nous.

– Comment le savais-tu ? interroge Marcel, la gorge nouée par l'émotion.

Elle s'approche de lui, ferme les yeux et embrasse ses lèvres douces. L'image furtive d'un premier baiser, au cœur d'une nuit de décembre, surgit alors dans l'esprit de Nina et elle ne peut s'empêcher de sourire en ouvrant les yeux sur le visage de Marcel.

– Je pense que je l'ai toujours su.

Épilogue

Un air de déjà-vu. Une scène qu'elle espérait ne plus avoir à revivre.

Cette fois, elle est assise sur le rebord de la baignoire et la pointe de ses pieds trépigne d'impatience. Elle fixe le test de grossesse sans cligner des yeux, comme si son regard pouvait influer sur le résultat.

Timidement, une deuxième barre commence à colorer l'espace libre à droite de la première. Le cœur de Nina s'emballe. Elle cesse son agitation et retient son souffle jusqu'à l'apparition complète du bâtonnet bleu. Puis elle s'autorise enfin à cligner des yeux, avant tout pour chasser les larmes qui gonflent ses paupières et floutent sa vision.

Elle expire longuement, d'un souffle interminable qui transporte avec lui des années d'une souffrance mal apprivoisée, d'un conflit intérieur étouffé. Quand l'air vient finalement à lui manquer, elle a l'impression de ne pas avoir seulement vidé l'intégralité de ses poumons, mais celle de son âme tout entière.

Dehors, la pluie s'abat avec force sur les tuiles de leur petite maison de campagne. Elle entend l'eau ruisseler le long des canaux d'évacuation et reprend peu à peu contact avec la réalité. Elle l'adore, cette maisonnette qu'ils ont patiemment retapée et où ils sont installés depuis quelques mois, à l'orée de la forêt de Montmorency. Ils ne sont qu'à quarante-cinq minutes de sa galerie, et à quinze minutes du club d'échecs où enseigne désormais Marcel ; pourtant ils ont l'impression de vivre loin de tout. Depuis leurs fenêtres, arbres et prairies s'étendent à perte de vue, et du bout de leur jardin partent des chemins forestiers qu'ils parcourent à pied ou à vélo le week-end. Les jours de pluie, l'odeur de la terre et du lichen s'infiltre jusque dans la maison, propageant le parfum d'une campagne imbibée et repue. Nina a installé son atelier près de la baie vitrée du salon, et ne se lasse pas de parcourir des yeux les nuances de vert qui l'entourent, et dont l'humeur changeante selon les saisons enrichit sans cesse sa palette visuelle.

La nature a repris sa place dans leur vie, le puzzle est assemblé. Ou presque.

La voix hésitante de Marcel lui parvient à travers la porte.

– Alors ? Ça donne quoi ?

Il tente de rester calme, mais Nina peut percevoir dans sa voix toute sa nervosité, tous ses espoirs. Avant de franchir la porte pour le rejoindre, elle pose une main sur son ventre et se regarde dans la glace. Son sourire éclaire la moindre parcelle de son visage et se reflète dans ses yeux en un éclat inhabituel. Elle interpelle son reflet à voix basse, une joie mal contenue dans la voix.

– Qui l'eût cru ?

La bascule du dernier domino.

La voie était libre.

Remerciements

Alors que la publication de ce livre coïncidera à peu de chose près avec la fin de ma carrière de joueuse de tennis professionnelle, je souhaite remercier tous ceux et celles qui m'ont suivie au cours de ces deux aventures entrecroisées. Ceux qui m'ont connue entre les lignes d'un terrain et ceux qui m'ont découverte entre les lignes d'un roman. J'espère que, peu importe le décor, j'aurai réussi à vous communiquer de l'émotion.

Et puis, forcément, j'ai une pensée particulière pour les personnes qui me soutiennent depuis bien plus longtemps que cela, indépendamment de mon activité professionnelle. Ma famille, mon compagnon, mes amis, cette autre famille que je me suis choisie et à qui j'aimerais dédier ce roman. Parce que l'amour revêt maintes formes, et que l'amitié en est l'une des plus pures.

Un grand merci également à ma nouvelle maison d'édition Albin Michel, pour leur accueil et leur confiance, et bien évidemment à la brillante Louise Danou, sans qui rien ne serait possible.

Retrouvez toute l'actualité des éditions Albin Michel
sur notre site albin-michel.fr
et suivez-nous sur les réseaux sociaux !
Instagram : editionsalbinmichel
Facebook : Éditions Albin Michel
X : AlbinMichel
YouTube : Editions Albin Michel

Composition Nord Compo
Impression CPI Firmin-Didot en avril 2024
Éditions Albin Michel
22, rue Huyghens, 75014 Paris
www.albin-michel.fr
ISBN : 978-2-226-49417-7
N° d'édition : 25920/01 – N° d'impression : 179291
Dépôt légal : mai 2024
Imprimé en France